結鷗軒詩詞

黃旭 著

上海書店出版社
SHANGHAI BOOKSTORE PUBLISHING HOUSE

結鷗軒詩詞 九七老人周退密題

周退密先生題簽

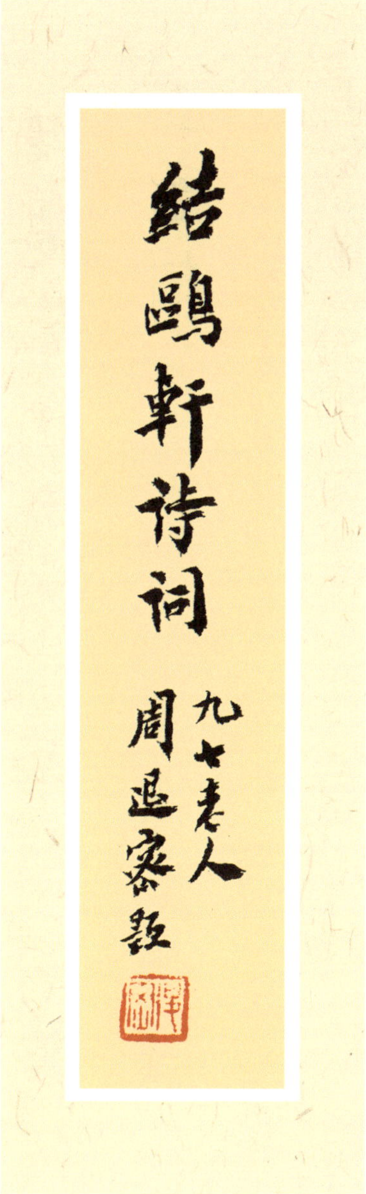

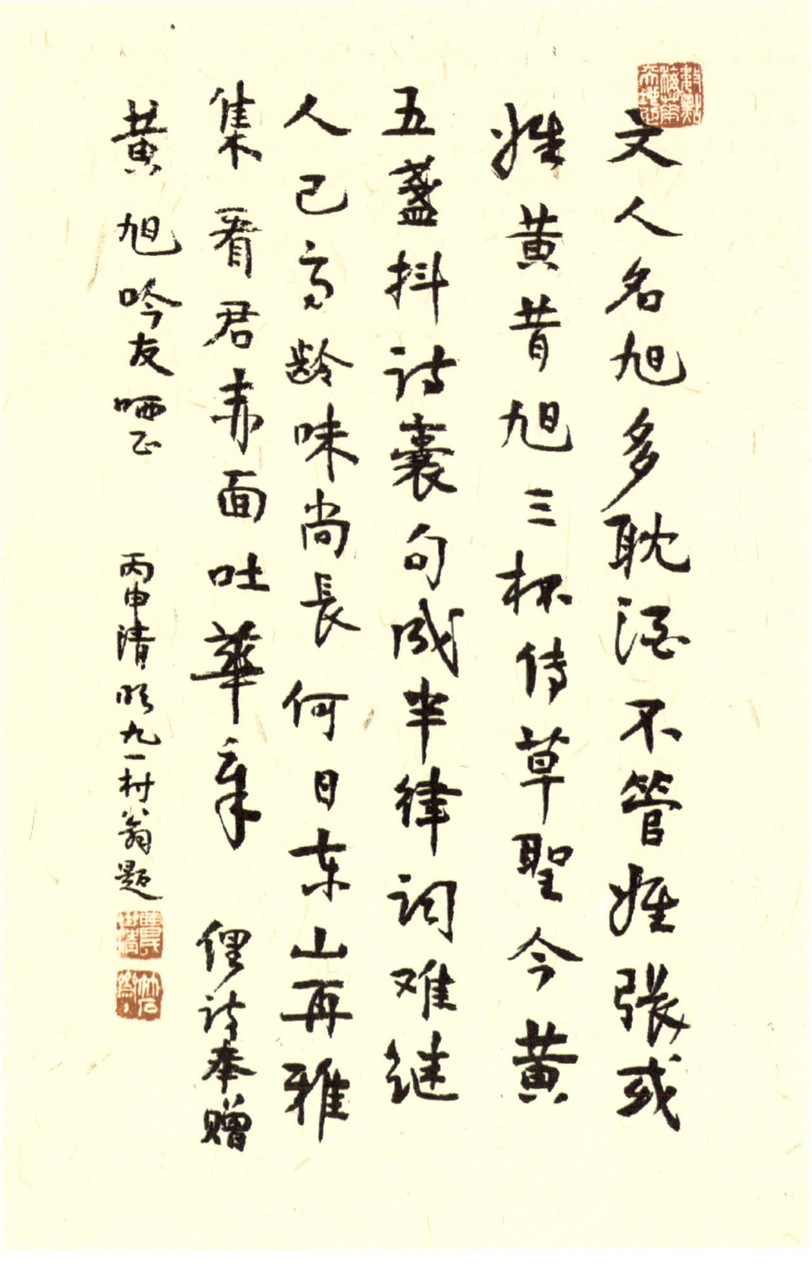
文人名旭多耽酒不管狂張或
狂黃昔旭三杯传草聖今黃
五盞抖詩囊句成平律词难達
人已高龄味尚長何日东山再雅
集看君赤面吐華章
俚詩奉贈
黃旭吟友哂正
丙申清明九一村翁題

曹世清先生贈詩

目録

有幸一生詩酒茶——黄旭《結鷗軒詩詞》讀後感

楊逸明

黄旭兄有詩云：「無緣半世功名利，有幸一生詩酒茶。」這兩句詩可以説是他對於自己一生的寫照。

黄旭兄首先結的自然是詩緣。他幼年時長了個癩癬老治不好，據説是他的奶奶用城隍老爺的紅燭油治好的，那個城隍老爺竟然是唐初四傑之一的楊炯。而且楊炯還當過黄旭兄家鄉的父母官。所以黄旭認爲他一生愛上唐詩並與詩結緣，是因爲楊炯的緣故。如今黄旭兄要我爲他的詩集寫序，看來他成爲詩人，真的是與我們老楊家有點關係啦！

黄旭兄説：「我的詩裡，有零星的資訊，有片段的常識，有真情的流露，有會心的一笑。但没系統的學問，隨情隨景，記下一些超短的小篇，不求詳備。只想閃爍一點螢光，留下一絲希望。」

寫詩自然與學問有關，但是不能劃等號。不是識五千字的人就一定比識四千字的人詩寫得好，也不是識四千字的人就一定比識三千字的人詩寫得好。背得出新華字典不能就算是詩人，背得出英漢大辭典的人不能就成爲莎士比亞。識字當然越多越好，但詩人能通過形象思維或者叫詩性思維把漢字搞到鮮活，不能把字搞活就只能做死學問。

黄旭兄的舊體詩詞，嚴守格律，一絲不苟。也有性情，往往出彩。例如：「畢竟春光郊甸好，和風輕蕩柳枝梢。晚晴塘外雙飛燕，比翼銜泥築愛巢。」（《郊行》）寫景帶情，滿含詩意。「桃嶺金雞破曉鳴，起看雲澗碧嵐輕。合歡一片殷殷色，卻是黄梅雨後晴。」（《山家清曉》）寫山家風景，饒有詩情畫意。「亭外芙蓉一樹明，東方寥廓氣雲清。不知今夜中天月，又動人間多少情。」（《厦門古炮臺遠眺》）發思古之幽情，教人不勝遐想之至。「一路輕塵到海灣，下車詩語笑聲歡。公園三月春風裡，騷客情人是牡丹。」（《奉賢踏青》）一片癡情，把牡丹花當做了情人。此類詩作和句子，集中不勝枚舉，讀者自己賞讀即可。

除了詩緣，黄旭兄還與酒結緣。他好酒，一有酒喝，自己難忍，還推説人家盛情難卻：「純樸山民好客風，有心拒敬不由衷。農家三月桃花酒，一醉春光滿面紅。」（《山家村醪》）每次與詩友聚會小酌，覺得「吟詩嘬酒兩相宜」，連下酒菜也不太計較，「下酒時鮮春韭嫩，清明螺肉賽肥鵝。」所以總是喝得滿臉通紅。有人説喝酒上臉，是忠臣。黄旭對友人忠，無話不説，甚至不假思索，口無遮攔，他還自稱是「三盅佳釀出言新」。有詩友爲黄旭祝壽時贈詩云：「白髮古稀翁，常常臉頰紅。直言藏不住，只要酒三盅。」亦頗傳神。

黄旭兄號稱愛茶，似乎不如我，故在此按下不表。

與黃旭兄相識相交二十年了。既然他說他寫詩與我們楊家不無干係，於是寫下這篇短文，以證實他所言不虛也。

二〇一七年六月九日於海上閱劍樓

（作者是第二屆、第三屆中華詩詞學會副會長，現爲中華詩詞學會顧問、中國作家協會會員、上海詩詞學會副會長）

七言絶句

秋晨三江口

董家汊渡月横空，清曉猶然瑟瑟風。頭雁領航天際去，蘆花肅立望蒼穹。

聞愛珉結婚

晓日蘭江映碧霞，岸前曾詠海棠花。天涯兩地牽絲夢，月老不幫何以家。

——壬寅春節

漫步南湖

隔湖眺望小瀛洲，煙雨空濛煙雨樓。有意相探今古事，不知何處覓輕舟。

——甲辰春，嘉興進修，於湖畔感賦。

歸訪愛珉老宅

愧面無猜淘氣時，泊漂海上十年癡。床前竹馬竟猶在，圪上青梅子滿枝。

——甲辰端陽後一日

晨曦下羅埠

歸雁長空一字排，曉風揚柳錦雲開。溪流三月桃花水，微點青篙逐浪來。

單位「八一二」事件

文攻武衛血痕真，造反心胸幾個純。休見今天喧鬧激，負荆來日看誰人。

該殺頭的詩

顢岻無智競猖狂，個個都穿造反裝。虧爾生來無所好，一心專讀治愚方。

錫山遊

愚公谷裡廢農桑，寄暢園前戰坌揚。無錫錫山山有錫，龍光光塔塔無光。

——丁未仲秋

注：無錫，東漢時就有錫。古民諺：「有錫天下争，無錫天下寧。」爲辟邪求吉，遂名無錫，以求得：天下寧！

蜘　蛛

晨曦初曉露微凝，滿腹絲梭不自矜。默默無聲簷網下，專心之致滅蚊蠅。

迎　子

久等黄家獨嗣賡，堂前已掛酉時鉦。忽然嘯出紅門外，驚破人間第一聲。

烏　啼

千家潦淚祭清明，含憤碑前掃落英。敢向枝頭鳴不是，一天風雨幾時晴。

——丙辰三月初六

謁古琴台

朔風漫捲漢江潯，月亮湖邊踏雪吟。流水高山空面對，而今何處覓知音。

——丙辰隆冬

母校殘階上懷舊

湮棄庠階乃舊蹤，當年於此啟童夢。沿溪柳樹千枝緑，隔岸桃花十里紅。

注：癸亥臘月廿七於羅埠小學舊校門臺階。

石湖中秋

與君難得共今宵，碧水鱗波弄艇橈。賞月人間佳絶地。姑蘇城外杏春橋。

注：病療上方山，識越溪漁父方宗和，相交甚篤，甲子月夕約賞舟中席占一絶。

為青工補語文感言

回顧春來歷事痕，桃紅李白率情真。一身不覺名和利，只把詩詞文化人。

石岩背初曦

東起金烏破曉天，一舟溪口巽橋邊。楓江籟寂霜晨裡，山寺鐘聲驚客眠。

注：石岩背，浙江龍遊城北的一個小山村。

古佛洞外

歷來數度起晨庚，幾次三番功未成。此命無緣托紅日，海天佛國聽潮聲。

——庚午四月廿六

壬申迎新

多少燈前守歲人，幾知今夜一希臻。陰陽半百奇雙會，未末申初正咬春。

注：世少初一春。立春有喝春酒、吃春餅、打春牛、咬蘿蔔等習俗，俗稱「咬春」和「打春」。

瀟湘館凝望孤琴

心儀孤竹暮秋紅，女未成年逝哺翁。寂寞瀟湘雲水去，琴絲静在不言中。

——壬申仲秋，遊大觀園，只見瀟湘館孤琴一張，有感而賦。

詠　菊

驕枝勁節竹籬東，刻礪清芬晚照中。占盡秋光君獨豔，何須四月逐春風。

——乙亥重陽見故園籬邊金菊盛開，感而賦之。

詠竹

朱顔墨韻常相看，倩影清風拭淚還。不是此生偏愛竹，天涯遊子顧家山。

訪梅

只怪當初未認真，至餘今日怨情嗔。從來名利場中客，不是藍田種玉人。

——辛巳花朝後一日

勸梅

九野冰天凌辱寒，芳華暫短不經殘。與其鶺鴒千時苦，莫若蜉蝣一日歡。

訓梅

何須留戀帝王家，一旦天恩忌物華。放浪紅塵生與死，達觀世界牡丹花。

題九枝牡丹圖

歷盡艱辛望帝痕，伶俜籬外慕情瞋。莫愁天地無關愛，日照群芳滿苑春。

牡丹自嗟

曾被霆威致命傷，任憑風雨再猖狂。長安道上無晴意，一片丹心向洛陽。

——辛巳三月及望

同裡遊春

高挑宮燈翠柳梢，楊花拂面走三橋。怡晴閣裡春風度，欸乃聲中畫艋搖。

——辛巳三月廿四

夜思新馬泰

琬蓮今夜客誰家，萬里晴空半月斜。一縷單絲何以寄，憑君傳語到天涯。

——辛巳閏四初八

分明耕緣

耕耘平仄築緣齋，竟是靈山赴會來。水到渠成端午節，東風吹就合歡開。

詠　荷

曲院連綿一線牽，夕陽西下斷橋邊。婷婷玉立無人愛，不可憐時亦可憐。

——辛巳大暑後一日

月下賞荷

鉛華洗盡自然美，出水芙蓉分外嬌。西後月華波湧動，廣寒宮裡竟逍遥。

又過巫峽

舟近仙山十二峰，碧紗飄緲掩秋紅。巫陽仰首望神女，雨意雲晴夢幻中。

——辛巳六月十五

夢　念

聞道嬌兒夜夢縈，起看窗外曉雲輕。東方日出西方月，萬裡關山兩地情。

——辛巳八月十六　聞聽女兒、女婿夢念在美雙親，有感而賦。

辛巳重九

揮汗登高萬笏顛，群峰一覽碧空前。夕陽斜照秋紅媚，勝景當歸老少年。

注：姑蘇天平山與北京香山、南京棲霞山、長沙嶽麓山並稱我國「四大賞楓勝地」。其山山頂平正，怪石嶙峋，似「萬笏朝天」。

小孤山

望盡天涯鷗鷺飛，斜陽暮裡映秋輝。任憑濁浪排空襲，砥柱中流我自巍。

注：小孤山，獨立江西彭澤縣北長江中，四面環水，形勢險要，自古兵家必爭。史典頗多。辛巳十月初八，余自武漢返滬，傍晚舟近小孤山，由感而賦。

九峰胡公祠聞鐘磬

鐘擊噌吰奏五韺，琅然微點伴和清。休言金石非同道，成就知音有共鳴。

泥　鰍

納垢藏汙儘自游，機虞奸滑度春秋。休云總往泥中竄，秉性生來是下流。

退思平生

命自絮花何以家，隨風飄逸出山涯。絶緣半世功名利，瀟灑一生詩酒茶。

正學畫梅約師兄寫生

舉目申川碧野空，岸邊揚柳已東風。賞春趕緊超山去，筆點梅花處女紅。

郊　行

畢竟春光郊甸好，和風輕蕩柳枝梢。晚晴塘外雙飛燕，比翼銜泥築愛巢。

山家清曉

桃嶺金雞破曉鳴，起看雲澗碧嵐輕。合歡一片殷殷色，卻是黄梅雨後晴。

翡　翠

晶瑩剔透碧玲琅，一點櫻紅綴豔妝。不是聖工開慧眼，美華永世石中藏。

題月麗《牡丹雙禽圖》

笑傲三春別樣紅，晴嵐掩映碧紗朧。比肩禽侶雙窺視，絕豔英姿縹緲中。

——壬午夏日

月夜聯句

郭外田蛙逐噪鳴（夫），院中月色素銀傾（妻）。小庭夫婦賫宵切（夫），竟戲平平仄仄平（妻）。

——壬午荷月二十於塘外

七月十六夜

曳影芸窗獨舉觴，晴空碧海正初涼。並非塘外無明月，夜夢飄來是葦香。

松雪故園

似聽西風瑟瑟聲，瓊瑶一夜降菰城。梅經雪冽方知色，松被寒凌乃見貞。

注：癸未正月十一湖州訪友，翌晨踏雪蓮花莊。

題孟瘦梅先生《屏山疊翠圖》

穹岫微嵐自不同，屏山疊翠米家風。幾間野屋清溪上，一片晚晴圖畫中。

——癸未大壯

海　鷗

海岸灣前有我家，出門振翅即天涯。歸巢一夕星期會，又得分飛搏浪花。

後　羿

天上一輪明月好，人間獨我恨中秋。千年靈藥千年誤，兩地相思兩地愁。

塘外獨居

更深人静夜凄清，竹影摇窗意不寧。明月不知何處去，晴空萬里一孤星。

南湖遐思

夜夜孤吟長恨歌，腰纏萬貫又如何。比肩覓食煙波裡，風雨鴛鴦恩愛多。

——見煙雨湖上妻櫓夫漁有感

石櫟晚歸

西天夕照染紅綃，步向亭林一葉飄。迢遞崖前君子竹，秋風簷下美人蕉。

龍華寺

塔影橫空碧映霞，龍華亙古是僧家。禪林不植風情柳，净土宜栽富貴花。

注：乙酉三月初三，應龍華寺住持照誠大和尚約，於寺内染香樓前牡丹詩會。

清平調

龍華牡丹三章

（一）

東風昨夜渡秦關，一曲霓裳入夢還。姿韻婀那輕帶淚，染香樓側醉紅顔。

（二）

沉香亭北浴春風，天子呼來醉眼濃。不想馬嵬千古後，龍華寺裡睹真容。

（三）

獨領三春若許年，上林苑裡舞翩躚。一朝緣盡馬嵬路，卻伴青燈古佛前。

——丙戌三月十二日

題紅袂《壽星圖》共賀恩師張涵先生百歲華誕

堪比南山不老松，冰霜歷盡愈青蔥。瑤台求得千年果，獻壽人間百歲翁。

——丙戌正秋

丙戌登高龍華塔

禪林飛雁碧雲空，七級浮圖仰古風。終有廣寒千縷桂，茱萸不見意無窮。

注：丙戌重陽詩會照誠住持約於華林丈室，庭前桂花三度開放。

普陀觀音洞題崖

菩提非樹鏡非台，但見蓮花水上開。漫道塵緣猶未盡，禪心一定即如來。

——丁亥正月廿四

龍華牡丹步照誠方丈韻

仿佛前身是佛身，不知何故落紅塵。而今重致菩提路，再往靈台造一新。

——丁亥清明後一日

附：照誠方丈原玉

清心修得百年身，相伴煙霞不染塵。無意晨鐘驚客夢，天香又度一年新。

太平湖偶遇

不是尋芳特意來，偶然慢步到瑶台。陽春十月秋光裡，雙色芙蓉並蒂開。

注：丁亥十月初三，車至黃陂南路爆胎，因待修，度至太平湖緑地，忽見一枝雙色芙蓉並蒂而開，此景此情，不由憶及八年前初到百樂時，得七絕一首。

題紅袂《麻姑獻茶圖》

矍鑠期頤絶世殊，生花妙筆韻天都。人皆頌嘏酒千盞，我敬庚星茶一壺。

——丁亥仲秋贈恩師張涵先生百一華誕

龍門小住

休閒羈旅宿農家，驟雨三時隔轍斜。霽月韶光探户牖，清聲玉笛弄梅花。

龍門避暑

炎炎赤日熨蒸霞，酷溽圍城無以家。山澗幽篁濃蔭裡，一人一榻一壺茶。

秋　心

孤寂寒蛩正自憐，又聞户外獨移弦。推窗舉目南天望，萬里晴空一線牽。

無錫太湖

瀛波迷淼抑重津，芳草初萋柳色新。遠眺三山煙雨裡，鼋頭站定是誰人。

靈峰探梅

一人壟上石橋邊，小雨微寒漠漠天。幾點芳菲相對笑，悄然春信立當前。

己丑重陽夜羈崇明壽安寺

重九緣羈客寺寮，浮圖七級夜臨霄。瀛洲難夢月光裡，半是江聲半海潮。

零點賀新記實——庚寅歲朝寄亦雄兄

瑞雪紛飛辭舊歲，齊天爆竹接新春。喜看金虎爲君祝，樂壽安康百福臻。

附：李亦雄原玉

答黄旭吟長賀年詩

正喜中華虎氣雄，頻教鞭炮上蒼穹。神州十億良多願，盡在砰嘭巨響中。

庚寅端陽——依韻酬國儀、德俊兄

萬國申城競瑋煌，時逢端五又新妝。銀鋤湖上龍舟渡，世博園中角黍香。

步韻和照誠方丈《庚寅端午》

重五龍華問粽香，高僧合十致安康。佛心一片汨羅月，灑向人間袪病霜。

依韻和照誠方丈《庚寅端午》

千古汨羅幽韻長，吟詩會聚到禪堂。捫心自覺緣殊勝，方丈貽吾佛粽香。

附：照誠方丈原玉

庚寅端午

五月熏風帶藥香，驅邪祛病禱安康。汨羅煙月常清寂，疑是僧家瓦上霜。

注：華林丈室新建成，照誠方丈召滬上詩人，小聚華林丈室端陽雅集。

紫　微

靚麗晨晴霽露中，嬌枝頂上曳秋風。歷經酷暑還堅俊，誰説花無百日紅。

——庚寅桂月朏日

朏晡遥思

月芽初上柳梢頭，獨倚南窗不見秋。一縷長絲懸際外，九天只鶡逐風流。

上天台

厭市風流逐利塵，獨來囂外滌心春。雖非牧野踏青客，卻是天臺采藥人。

庚寅守歲

連天爆竹當空淩，欲静人間無以憑。除夜原知粱夢少，守株待兔歲華新。

步和照誠方丈《辛卯元宵華林雅集》

喜聞古寺接春花，更謝元宵賜佛茶。滿座禪堂皆賦客，原來方丈是詩家。

附：照誠方丈原玉

辛卯元宵華林雅集

新春爆竹上元花，細雨無聲漫煮茶。香滿華堂騷客醉，今宵盼月忘歸家。

龍華方丈室辛卯元宵雅集

悄然佛磬蕩幽空，翰墨詩書香火紅。千古龍華三寶地，元宵燈彩六如中。

注：六如，典出金剛經「如夢、如幻、如泡、如影、如露、如電」。

辛卯上元

龍華寺裡渡元宵，禮佛吟詩盡興聊。漫步夜歸龍水路，清風和月過天橋。

胥口遊春

辛卯清明後三日

漫步踏青過胥塘，桃花粉豔菜花黃。無須全責蝶蜂玷，原也芳菲自溢香。

辛卯端陽

粽香飄忽又端陽，細雨綿綿依北窗。舉目神馳千里外，隻身屹立汨羅江。

步酬亦雄兄《中秋》

清光雲影漫疏籬，月桂飄來幽馥奇。難得李郎秋興好，吟詩啜酒兩相宜。

——辛卯月夕

附：亦雄兄原玉

《中　秋》

舉杯起舞傍東籬，雲破月來嬉影奇。欲效陶郎君莫笑，畦頭醉卧正相宜。

静庭月夕

儒子心頭烙印鈐，重遊舊地碧宵天。一朝往事真如夢，心手相牽已十年。

夢鄉情

十年一覺夢鄉家，獨釣蘭江野水崖。難得人生歸此樂，夕陽煙裡伴梅花。

同遊雲岩禪寺

逸鳥投林入虎丘，劍池雲岫逐風流。醍醐灌頂終成道，妙語華亭石點頭。

憑欄蓬萊閣

蓬萊遠眺望雲墀，正是緑肥紅瘦時。近日煙臺晨曉裡，畫眉獨佔向陽枝。

麓山行

得意寒蜩高樹鳴，菁華深處擁禪楹。徐行岳麓迷秋色，逸坐亭中愛晚情。

舟遊富春江

青山野色透雲霄，秀水輕舟蕩碧瑶。借問此行何處去，富春胥口外婆橋。

給外祖上墳

餘生不忘感恩情，風雨姑蘇一路行。七子山前公墓地，家家寒食祭清明。

塘　外

都説江南春已臨，可憐風雨獨相侵。床頭斜倚呆呆目，一顆望梅止渴心。

——壬辰三月二十

龍華牡丹園

芸台無處不芬芳，净土華林比盛唐。漫道雍容傾國色，一枝獨秀數姚黄。

——壬辰穀雨前一日

附：姚國儀原玉

讀旭兄龍華牡丹園有感，次韻

曾叩山門賞晚芳，欲承法雨洗荒唐。誰知一别三年後，人事易衰花未黄。

春曉牡丹

昨夜東君到蒔台，鋪張走筆運華才。雲沾穀雨春調色，璀璨新姿得意開。

——壬辰穀雨前一日龍華牡丹詩會

雨遊召稼樓

布穀聲聲煙雨萩，憑欄屹立石橋頭。中華芸衆十三億，以食爲天召稼樓。

壬辰月夕五首

（一）步酬逸明兄《詠月》

而今月夕望嬋娟，總也空蒙淡淡煙。欲得清盈明似鏡，除非王母水雲邊。

——同賀逸明兄中秋快樂，黄旭回拜，口占於回程車上。

附：杨逸明原玉

九重霄上一嬋娟，遍灑清輝洗濁煙。但願人間能净化，不辭長守地球邊。

——恭祝旭兄中秋佳節快樂，安康，逸明拜。

（二）步國儀兄《佳節有寄》

君賀中秋飛信連，深情慰我晚晴天。人生難得知音好，健步詩壇且忘年。

——回賀國儀兄雙節快樂，口占於月夕回程車上。

附：姚國儀原玉

佳節有寄

中秋國慶日相連，月滿江山星滿天。我托金風寄心願，健康寧靜度年年。

——祝雙節快樂，國儀。

（三）步酬魯寧《值此佳節》

爲免空蒙淡淡煙，廣寒今夜撤珠簾。休言分餅圖歡樂，團享天倫才是圓。

——黃旭回賀魯寧闔家安康，中秋快樂。

附：魯寧原玉

值此佳節

灑地清輝洗暮煙，小風挑起水晶簾。爲分月餅團團坐，兒女拼成一個圓。

——謹祝闔家安康，中秋快樂，魯寧賀。

（四）步酬洪法兄《寄黃老師》

人生難得晚晴空，更有知音會意濃。逢節頻傳詩詠賀，但求友誼不求松。

——回賀洪法兄中秋快樂闔家健康。

附：陈洪法原玉

寄黄老師

相加七八望晴空，月滿星明情更濃。百酒溶詩遥敬你，千秋快樂壽如松。

——洪法祝黄老師全家中秋快樂身體健康。

（五）月夕有寄

年年月夕望嬋娟，總在雲台飄渺煙。欲得卿心能似我，常相斯守桂林邊。

——壬辰月夕

唱酬聯句互祝中秋

今夜月光無限好，與君千里共嬋娟（王義勝）。兄吾不意成知己，卻是騰沖父輩緣（黄　旭）。

雲間壬辰重陽詩會

不辭風雨到松江，來覓茱萸一縷香。落葉梧桐秋瑟裡，平林幾樹得重陽。

採石謁青蓮

瞻賢獨立石機頭，絶世才華逐水流。詩酒有魚知足樂，功名無福莫貪求。

外婆家

漸水盈川幼少家，濛橋細雨舊山涯。無人眷顧貴塘側，有客曾經栽杏花。

注：余生於浙西古盈川縣，外婆曾是土郎中。

潛山晚歸

歸乘雲鶴半空行，顧望秋山耀眼明。傍晚晴霞紅勝火，依巒碧翠綠争菁。

注：潛山腰有兩湖，因致山間白雲飄忽。從千米高空坐纜車而下，時逢白雲從身邊飄過，故有「歸乘雲鶴」一説。

浙西盆柏

九天瀉下葫蘆瀑，濺入深潭蘊酒溪。沉醉青山流澗寂，偶聞野翰一聲啼。

湖州東林

莫笑農家臘酒渾，桃花源裡古風純。餘生若有回仙福，一醉東林十八春。

注：曾醉倒呂仙的東林白，又名十八春。

遊升山偶懷

自古文人失意多，時途不濟又如何。山陰道士今安在，肯否新詩換白鵝。

厦門古炮臺遠眺

亭外芙蓉一樹明，東方寥廓氣雲清。不知今夜中天月，又動人間多少情。

麗水晚眺

翠竹叢中嫋嫋煙，遠村夕照暮雲閑。漁舟唱晚歸何處，麗水江南赤壁間。

泰山日出

東來紫氣太虛空，一片丹心戀舊蹤。覽遍神州天下景，獨尊五嶽丈人峰。

爛柯勝境

石櫟橫亘赤山下，山岫輕綃吹落霞。門對仙枰懸玉鏡，竹林幽處是僧家。

——每句戲隱一字謎：岩、嵐、閒、等。

為摯友題畫

斯人若想得真知，莫拒方家善意詞。爛土門牆雕不起，真金才有閃光時。

偕友桃花潭

别看前途暮色微，岸津斜照更芳緋。桃花一片萬家酒，惹得詩人盡忘歸。

孤山行

尤鍾孤嶼後山林，仿若時聞鶴唳潯。傲骨諍枝梅掉落，折腰垂首柳成陰。

——丙辰仲夏

雲間八詠

一、華亭遊

松江四季盡宜遊，更戀清風白鷺秋。三泖凝望銅鏡月，四涇輕棹木蘭舟。

二、小昆山（春）

一行白鷺上青天，阡陌農桑碧水潺。宜静人居何處是，桃花源裡小昆山。

三、醉白池（夏）

並蒂蓮花絶世姿，輕風淡月最宜時。大申情動傾心碧，夢裡思來醉白池。

四、鶴家鄉（秋）

雲間本是鶴家鄉，一起秋風憶韻長。鱸有四鰓名五嶽，翰無宦意事農桑。

五、天馬山（冬）

天馬行空萬古秋，奇觀斜塔似耕耰。九天耘碎銀花落，百里瓊山碧玉琉。

六、西林寺

釋界春秋法雨林，提壺細潤智藏心。華亭梵唄聞天下，覺世場中第一音。

七、方塔

横空塔影玉玲瓏，身鎮華亭絶世空。才賞園中貐照壁，又聞雲裡鳥驚風。

注：貐，是一種極貪的怪獸。

八、清真寺

傲岸巍巍邦克樓，聖光萬道豔陽秋。講堂窯殿訇門闊，庭院穿廊曲徑幽。

又登佘山·懷田、周二翁

登高每每憶無窮，難抑書生惻隱衷。到處盡多延壽客，緣何獨少辟邪翁。

注：古稱菊爲：延壽客，茱萸爲：辟邪翁。年年登高滿目菊花，不見茱萸。今歲重陽，又少了田、周二公，故有此憾。

讀衡廬集有感

淡卻紅塵名與利，人生何處不逍遥。閑來無事傾心約，依著葫蘆畫個瓢。

趣詠張站長雅聚滬上

張馳文化致菁華，雅聚詩人網絡家。海上芝麻饗賓客，清音悠忽到天涯。

——藏頭：張馳雅聚海上清音

詠上海市花白玉蘭

正當梅蕊送寒時，鵲報東風第一枝。玉潔冰清綻天外，詩情畫意斷魂癡。

詠牡丹

九州吹盡洛陽風，一派春光得意中。知否牡丹稱國色，爲誰鮮豔爲誰紅。

詠　蘭

東風昨夜到山涯，吹綻人間第一花。可惜深藏幽壑裡，芳馨能及幾人家。

蘭

奈何身寄斷崖前，空溢清芬枉自嫻。安得東風能助我，定將幽馥滿人間。

荷

逸美淩波盰日斜，微風幽馥泌天涯。蜚泥難垢冰肌質，清白人間第一花。

梅

香絲縷縷院庭東，依竹淩寒雪裡紅。莫怨春風晴意少，清明自在夕陽中。

籠鳥啼

只因心竅一時迷，落得陷身囹圄棲。記取人間饕餮禍，鷓鴣常向枕邊啼。

感今離婚頻

尚追物質失人性，憐及婚姻也拜金。只怪當初親不見，也緣今日愛無心。

自題水墨山水

雅趣平生不好色，只將水墨入雲圖。淡濃乾濕隨心欲，一畫成功醉一壺。

觀某畫有感

妄詆梅花何以憑，卻將樗杌自鳴矜。文生偏有胸中竹，狂漢才無筆底蠅。

春風又緑

春雨綿綿妻獨宿，風情遊子去江南。又嘗新筍鱸魚燴，緑意横塘天更藍。

——華興即席分韻得「覃」限嵌題口號

春風又緑

細雨綿綿一日夫，無邊虱二醉屠蘇。矍翁失卻瞿家寶，祖母傷心碧玉珠。

——又分韻得「虞」，嵌題即席戲占

步酬江南秋《雨後偶感》

惟恐心酸淚始乾，臨崖摇曳不如蘭。黄梅雨後晚晴好，明月清風夜合歡。

——窗前一棵合歡樹，花開正盛。

附：江南秋原玉

雨後偶感

沾淚垂楊滴未乾，盈珠香草笑如蘭。湖山一片氤氲裡，誰與江南共叙歡。

步答衍亮《贈貴塘山客老師》

一葉扁舟逐水流，幾多往事可凝眸。恨無妙語酬青少，卻有相思寄白頭。

附：衍亮原玉

贈貴塘山客老師

當信年華可倒流，古稀未濁炯明眸。千杯不醉拚年少，哪個後生言老頭。

題王克文山水作

寥然幾筆露山丘，未著墨痕天水悠。漫不經心詩化境，引而不發盡風流。

題卓霖山水《四條屏》

春

嫋嫋迎春萬點金，盈盈溪水繞桑林。村姑趕鴨輕舟上，新綠叢中悅鳥音。

夏

凋盡芳菲菡萏開，江南暑氣正徘徊。蟬聲不斷濃陰裡，一縷清風落日來。

秋

囂絶人間天籟寂，清風塘外静幽時。雙橋夜泊烏啼遠，月色江村别樣姿。

冬

冬雲飛絮滿寒山，空靄迷朦鐵嶺關。雪壓紅梅梅更豔，風欺孤塔塔逾寒。

題紅梅賀壽圖《贈茗客》

五福梅花五德雞，山禾尤壽與天齊。雄心不負桑榆晚，常把秋光作韻啼。

題卓霖《牡丹圖》

總把濃顔繪牡丹，嫣紅姹紫盡琅玕。英姿摇曳三春外，避卻風霜雨露寒。

題紅袂《踏雪尋梅圖》

隔宿錢塘絮蝶翩，瑶林夜夢一枝妍。曉風踏雪尋梅去，竹杖毛驢篤篤前。

題珠英女士《淺絳山水》

層巒疊翠玉屏風，霞映秋光一抹紅。思古二王今韻在，高山流水畫圖中。

夢囈狐狸

櫝上塵封冤案多，子虛戲語説前科。豺狼當道森林裡，憑智求生罪在何！

鷗　鳴

海上清音入世幽，江南起囀正初秋。循聲遠眺晴空外，盡是翻飛搏浪鷗。

——大凡兄起韻，黄旭次步

附：大凡原玉

「海上清音」初吟

窗開昨夜夢含幽，酷熱暫除聞立秋。天氣何必衆生相，好風隨雨説盟鷗。

旱澇思源

夢遊昨夜到西天，佛問何求又訴慳。欲乞菩提離聖界，林陰護緑滿人間。

注：長期過伐，水土流失之果也！

贊韓國罔僕之臣金退庵

情鍾野畈草芒寒，鼻嗤靈台貢禹冠。傲骨諍身居翼義，高風亮節子陵灘。

注：貢禹冠，典出《漢書·王吉傳》王吉做了官，其友貢禹也拿下帽子彈彈灰塵，表示可取得出仕機會了。

祝賀海上清音一周年

海上清音日日新，天南地北和聲頻。行家高奏陽春曲，我唱樵歌下裡人。

贈武陽

江南風景韻如何，得意人生有幾多。常念渚山農户酒，且當二指吮田螺。

雁蕩五題

（一）雁蕩山

百二奇峰未及春，迷蒙雨霽蘊清真。才當水墨畫中客，又作瑶台夢裡人。

（二）靈峰

鳴玉溪山別有功，靈峰晝夜幻姿容。日觀合掌參天聖，宵仰神奇雙乳峰。

注：靈峰，即合掌峰，左爲倚天峰，右爲靈峰，兩峰並峙，形如合掌，故名。到夜晚觀之，則又如夫妻峰、雙乳峰、相思女、雄鷹斂翅。

（三）小龍湫

雙鸞峰外不時啁，獨秀靈岩擁翠幽。壁掛蓮蓬淋瀑水，觀音沐浴小龍湫。

（四）大龍湫

登山道澗漱清流，白髮連雲聽雁啾。一匹銀紗懸壁下，萬年輕蕩大龍湫。

（五）三折瀑

岩外珠霏映彩虹，青嵐銜碧玉玲瓏。瀑飛三折崖空瀉，水抹雲山一畫中。

步和逸明《與詩友長興農家樂紀事》三絶

（一）

旅羈顧渚夢酣中，嶺外金雞破曉東。推牖憑欄山徑外，吹來不是大唐風。

（二）

推杯舉箸各嘗鮮，竹筍山雞農户筵。食色從來天下性，人生還有幾多年。

（三）

喜雨和風一夜涼，大唐貢院品茶香。時空穿越千年趣，遥望青天鷺一行。

依韻酬和佐義、立挺兄《壽宴後戲贈旭兄》

烏溪江畔爛柯西，重約同遊未必迷。蓮子掰開分兩半，與君黑白見高低。

步逸明《品昆侖雪菊》四首

（一）

道合共登雲錦台，蓬山雪菊絶塵來。一杯王母天池水，蕩我心花得意開。

（二）

奇異天山雪域花，隨壺入世沏成茶。淺盅透靚櫻紅色，出彩流光璨若霞。

（三）

玲瓏雪菊豔紅湯，且讓吟朋沾盡光。一縷奇香神欲醉，悠悠忽忽到仙鄉。

（四）

雪菊烹茶列案邊，璃杯嫋起紫雲煙。知不圍坐清音客，盡是瑶台品茗仙。

附：杨逸明原玉

（一）

燈影琴聲老灶台，江南避雨上樓來。玻璃壺側人圍坐，觀賞昆侖雪菊開。

（二）

幾朵珍奇雪菊花，沏成紅豔異香茶。手中杯盞傳湯色，似採昆侖嶺上霞。

（三）

昆侖雪菊沏成湯，小盞盛來琥珀光。本與詩心同血脈，生於一塵不染鄉。

（四）

菊花來自雪崖邊，茶帶昆侖嫋嫋煙。飲罷夢追神女去，風馳八駿作詩仙。

步和逸明《龍華寺聽琴》四首

（一）

書生有幸到禪林，洗耳恭聽緑綺琴。繚繞香煙聲寂寂，蓮台何處不知音。

（二）

琴弦自古寄心真，三弄梅花始及春。於意雲何天下事，竹林深處有情人。

（三）

意臨幽谷悉心聽，細品空山天籟聲。一片甘霖及時下，鉛華洗凈更聰明。

（四）

梅花香自苦寒來，不爲雲台獻媚開。倘若先天無佛意，仙姿不必惹塵埃。

附：杨逸明原玉

龍華寺聽琴（四首）

（一）

衆人無語坐華林，沐浴身心一曲琴。禪院清風吹草木，聽來都帶七弦音。

（二）

手撫琴弦憶最真，梅花三弄釀成春。今宵欲借東風力，快遞心聲給故人。

（三）

共聚禪林側耳聽，一彎泠月寂無聲。清音疑自雲間降，能洗人心到透明。

（四）

梅花古曲帶香來，月色穿廊夢境開。但願心靈都浸潤，從今無處著塵埃。

讀魏明倫《批僞律》感賦

從打起興風雅頌，文場無處不嗡嗡。幾多自詡離騷客，不是南城一叶公。

今日民防

與時俱進民生策，地下構思新亦奇。商市人防兼備用，戰平結合兩相宜。

梅霽軒庭

連經淅瀝久霪溟，不意黄梅雨後晴。庭苑清風明月下，合歡一片紫雲英。

登山海關

雄距崴嵬扼海山，大清畢竟是夷蠻。千刀萬剮吴三桂，罪獻中原第一關。

颱風偶記

「海葵」來襲正交秋，暴雨狂風湧激流。顛倒乾坤憑肆虐，紅塵劫難幾時休？

步和國儀兄《孫女誕生兩天偶成》

聞訊姚兄喜悦中，秋光苑裡接金風。三朝未及知顰笑，定是觀音玉女童。

附：姚國儀原玉

孫女誕生兩天偶成

龍女安棲繈褓中，一顰一笑帶春風。祖孫相視怦然動，天爲吾家降此童。

諸暨五首

越王走馬崗

秋風疏柳夕陽思，遺憾此生探訪遲。不是深山留勝跡，艱辛秣馬幾人知。

裡宣村

不惜青春惜晚霞，儼然偏摯好天涯。白雲飄渺山深處，上海人來自有家。

上榧林

朝爽乾坤緑映紅，執笻山徑沁香濃。遥望疊翠層林外，摘果雲頭飄渺峰。

游榧林

榧林漫步得天時，一樹祖孫誰不癡。更見榧王當世絶，千三百歲正風姿。

外宣村

絶世淩雲三樹王，茶花珍貴奪天香。楓馨千古沖霄漢，銀杏八園猶欠長。

老　鳶

曾經玉斧細心修，青少離家風雨稠。好得晚晴隨夙願，秋旻寥闊任君遊。

猗園賦

不見庭園晚節霜，畦頭金菊欲芬芳。可憐秋雨無晴意，只把清旻作賤傷。

元旦唱和

步和逸明兄

元旦長空飛信馳，茅臺傳出賀新詩。多晴雖在彩雲外，卻是依床煩惱時。

——黃旭回拜逸明兄元旦快樂。

附：杨逸明原玉

碧天鋪展彩雲馳，旭日新年正賦詩。萬古不争加速度，保持一以貫之時。

——祝旭兄元旦快樂！逸明拜年。

步酬衍亮《遲祝黃老師壽》

附：衍亮原玉

又逢綠酒映燈紅，白髮衰翁興正濃。詩友多情頻約聚，高歌一曲賦秋風。

詩翁面帶夕陽紅，頭上白雲今始濃。卸去人生又一載，行吟愈健步生風。

松江小昆山

獨倚三湖食有魚，小昆山麓確宜居。輕舟唱晚歸田舍，竹影琴聲夜讀書。

詠癸巳

挺胸屹立孕晴霞，外對青山内守家。接福有心臨宅第，送春無足走天涯。

情人節又聞甜愛路

極目銀河千里波，申城無處不商鑼。一三一四景猶在，甜愛婚姻存幾多。

注：據報二〇一三一四（諧：愛你一生一世），竟也三天即離。

癸巳春亂大明山

崖壁數枝梅豔芳，坳原成片菜薹黄。深山峽谷龍門口，又見梨花壓海棠。

癸巳掃墓

子歸聲裡過横塘，胥口風光祭祀忙。壟上匆匆寒食路，牛毛細雨濕衣裳。

石二社區（七絶二首）

（一）

不料喜逢三月三，休閒漫步蝶灣南。曉風岸柳清陽裡，獨賞牡丹朝露含。

（二）

蝴蝶灣前水際涯，曙光燦爛孕情霞。岸邊摇曳春風柳，畦上芬芳富貴花。

朱家角雨遊

獨佔橋頭一傘空，凝望岸柳式微風。粉牆黛瓦煙波裡，三兩畫舟輕蕩中。

癸巳重五

步酬魯寧《端五》

依翠書房一榻雙，對詩鬥草過端陽。忽然窗外輕風動，飄入悠悠箬粽香。

附：魯寧原玉

端　五

一縷清風竹椅雙，濛濛細雨又端陽。精舂白米包成粽，中有幽幽蘭芷香。

常熟詩會兩首

一、索句

一塊破山興福石，千年古寺逐風流。赫然常建名吟在，不敢斑門弄斧頭。

二、錢柳佚事

終然往事越千年，不屑江南常熟錢。昔日清風何處去，悠悠湖岸柳如煙。

尚湖歸來別衍亮

十年海上露華才，常熟清吟不暢懷。情比黃梅時節雨，依依揚柳五芳齋。

也觀淩霄花

葉蔓婆娑碧玉伸，花光豔麗奪金純。趨炎附勢臨霄漢，到底天然一佞臣。

癸巳夏·破史酷熱

日日高温四十多，申城處處似蒸鍋。朱門不斷空調轉，蓬户連聲歎奈何！

賞荷古猗園

七夕猗園蘊翠霞，明空當月賞荷花。幽篁道上秋風逸，不系舟邊古柳斜！

癸巳秋·月夕無涼

今歲申城酷暑延，中秋不見桂花鮮。長空萬里雲追月，可恨相思又一年。

癸巳冬·陽臺奇觀

不知天道已隆冬，氣候反常悠碧空。曉入陽臺驚更喜，節臨大雪杜鵑紅。

我看錢謙益

凜然不及尚湖柳，失節虞山後世羞。滿腹才華有何用，禮廉義耻信全丢。

詠蟋蟀

萬物人間各有功，别看徹夜小吟蛩。有朝一日性興起，賽技場中亦競鋒。

長興壽聖寺

浮圖九級矗雲台，壽聖山門向日開。紫竹林中觀自在，夕陽樓上謁如來。

望夜朱家角

詩韻秋風隨意挑，茶樓近水傍虹橋。月圓古鎮銀光裡，夜半鐘聲蕩碧霄。

上海詩詞學會龍華塔影苑詩會即興

一角庭園碧緑叢，輕溟洇蘊塔横空。淺吟低唱詩詞賦，亭榭幽然佛信風。

——癸巳十月廿八

塔影苑·海上清音詩會即興

千古龍華千古姿，横空塔映放生池。小園幽静亭林路，詩韻琴聲繞緑枝。

——癸巳十月廿九

西林丈室品茗

余會金秋傍晚風，護林主道急匆匆。禪堂高雅香盈户，詩客如來茶一盅。

記：癸巳十月初十沈滬林、楊逸明、黄旭、李建新、丁德明、張立挺、劉魯寧等海上詩友松江西林寺乞茶。

寄湖州三傑

苕霅詩聲海上聞，桃花潭水誼情真。一朝有幸吟朋匯，醉美恒和箬下春。

注：醉美，諧最美。恒和，中華老字號酒坊。箬下春，美酒，傳爲唐貢酒之一，恒和釀。

詠甲午

只因「P」事禁風吹，鞭炮煙塵瞬息微。轉眼南窗星火亮，紅鬃烈馬踩雲歸。

悼岳母慰妻

初涉人間九五新，安然無病渡西津。壽終正寢天恩福，猶撒鵝毛送母親。

——甲午正月十一

甲午元宵

新望又上柳枝梢，今夜晴空分外嬌。兩節中西奇邂逅，玫瑰鄉裡鬧元宵。

海灣公園——記首屆上海梅花節

漫道吟春未及時，囂城静處令神馳。十年打造精心育，海上紅梅展玉姿。

踏青抒懷

成雙結對虎丘前，滿目春光又一年。欲問江南何足醉，東風帶雨杏花天。

賞杏别吟

紅杏煊嫣異用途，鮮花可作美人酥。莫愁賞析無來去，董奉門前十萬株。

詠　杏

嫩緑新紅應日暉，含羞枝上正稍葳。趕春可厭淫蜂早，二月芳叢即亂飛。

二月申城

晨練出門遲步姗，長空清曉帶微寒。庭園路島沖天笑，海市春風白玉蘭。

諸暨農家樂

踏青五泄興如何，溪水農家藴味多。下酒時鮮春韭嫩，清明螺肉賽肥鵝。

華興踏青江陰

臨臯誰唱念奴嬌，自把詩心慰我曹。十里江陰鵝鼻麓，春風一片壽星桃。

藏　頭

顧望仙山拜佛華，杭城海市各天涯。萍蹤酒美情深刻，義篤錢塘第一家。

甲午海祭（四首）

（一）

習習清風垂柳揚，歲逢甲午淚傾殤。敢將血肉仇倭寇，民族英雄鄧世昌。

（二）

細雨空濛和淚痕，神州美酒杏花村。十三億衆同相祭，萬里海疆民族魂。

（三）

眺望當年血淚時，問君誰個不殤思。狼煙又起釣魚島，喚醒中華亮劍姿。

（四）

百二十年强劍夢，而今尤在礪行中。倭魔膽敢重掀浪，必取神針定海東。

記八月二十七日（十一時三十分），海上公祭，代表們默哀一分鐘，從南沙群島至渤海之濱的萬里海疆，艦笛齊鳴，禮炮共響，追悼甲午戰爭中爲國捐軀的亡靈。

海灣賞牡丹三首

一、奉賢踏青

一路輕塵到海灣，下車詩語笑聲歡。公園三月春風裡，騷客情人是牡丹。

二、海灣牡丹

嫩緑新紅逐豔妝，英姿凸秀是姚黄。群芳風靡傾城色，絶對江南小洛陽。

三、雨後牡丹

庭園浩蕩色青冥，細雨斜風摇落英。不説牡丹花解語，殘容帶淚也含情。

詠豆腐

不説幾經磨礪行，也曾漫露雪華瑩。此身爲有青葱拌，得享人間美譽名。

古鎮甪直

六港五湖悠碧中，汀疇七十二橋通。臨流駁岸開商肆，一絶江南獨特風。

觀摯友畫展（藏頭）

周折人生不二門，迪沿一意藴清純。平林濕地秋波遠，畫展乾坤美善真。

題贈良譽兄牡丹圖

海市雲濤搏浪漚，嬌姿偶爾逐風流。晴空萬里天機合，得意榮華到白頭。

《宣州行》之一

幾經曲折到宣州，爲訪千秋謝朓樓。只見廊簷皆聚賭，斯文掃地士心揪。

甲午聞九

東君昨夜駐錢塘，清曉又聞秋桂香。今日登高休小覷，人生難得二重陽。

瀟灑閒人

荏苒光陰又一年，隻身仍在水雲間。晚來情耗詩書畫，不等閒時也等閒。

注：提前退休後，朋友圈送了個雅號：瀟灑閒人。

又聞重慶案

黑白無常到處行，人寰何地不冤鳴。閻羅若再迷心室，難怪天公動怒情。

詠乙未

不惜嚴寒嚼草根，迎祥開泰赤心純。終身奉世連綿暖，榜樣人間跪乳恩。

紀念抗戰勝利七十周年（三首）

一、史鑒

顧望當年抗日征，三千五百萬犧牲。爾聽今日喧囂裡，安倍重磨霍霍聲。

二、盧溝橋

盧溝獅醒震乾坤，奮起雄姿鐵骨身。橫掃陰霾如席捲，神州重見豔陽春。

三、下關祭

顧望歷史意難平，日寇至今無悔情。夜夢冤魂三十萬，追償血債哭南京。

寄武陽

長興島上共歡欣，聚桌農家獻意芹。一吮田螺嘣小酒，江南詩友盡思君。

醉　劍

莫吝幾前杯酒乾，醉翁持劍盡情歡。公孫娘子今安在，一較輸贏天地寒。

戀梅

獨向枝頭傲雪霜，朔風淩冽亦蒼茫。屬中珍品君知否，玉蝶龍遊綻貴塘。

初看黃山

似海雲濤氣勢雄，生花妙筆韻蒼松。五登華夏峻嶒嶽，一上黃山始信峰。

臨安行（四首）

一、覓寓農家樂

風馳閃爍越錢塘，眼下已然農户鄉。欲問山居何處是，淩峰高屹馬頭牆。

二、臨安居（藏頭）

頂端千竹傲天穹，上有一松争宇空。人逸輕嵐詩畫裡，家依崖壁映山紅。

三、龍鬚溝

絶崖汩汩溢泉幽，青澗潺潺碧水流。生態自然風景好，太湖此處是源頭。

四、謁錢陵

墓道森嚴國主家，碑文肅穆立青霞。千年英氣情猶在，一縷芳菲陌上花。

陳洪法婚禮即興

喜慶華堂映彩霞，兩情飄緲似仙家。清音詩友同相賀，靚麗芙蓉並蒂花。

悼念亞之兄

甄隱分明十二年，春江水暖鴨知先。一跤跌倒清風裡，扶起相依竟是緣。

晨　見

臨曉開窗新氣芬，街頭閃爍緑顔輪。傴僂提挽孫兒過，卻是紅塵第一人。

寄衍亮

但見枝頭杏葉黄，輕車訪戴過横塘。兼遊木瀆秋光裡，一品時鮮鲃肺湯。

山　饗

白髮歸心意藴長，一朝舊念滿廳堂。山家獨到自然味，地耳清烹撲鼻香。

注：地耳，地木耳也！一種山蔭自然的地皮蕈，名不見經傳。這次返鄉，老姨母炒上

一盆，勾起無限鄉思！

山家村醪

純樸山民好客風，有心拒敬不由衷。農家三月桃花酒，一醉春光滿面紅。

注：浙西山民，自釀家酒待客。桃花開時釀的酒，稱桃花酒，清、醇、香、甜，美不勝收，人醉心不醉。

憾　歎

流行時尚跟風語，思考從來自己無。盛産精神文藝界，可憐芳卉也乾枯。

真　少

除非立意渡恒河，幾個真心念佛陀。放眼樂壇交響會，静聆可惜濫竽多。

宴上暗歎

微風無力抑新塵，才折嬌楊二度春。世上獨多探蜜蝶，民間難得一心人。

——乙未四月十四

五台十詠

一、東台日出

曉晨初昉揭玄黄，日出山間映佛光。籟静鐘聲空際遠，聰明早課渡慈航。

二、北台雪霽

毗盧真境向南空，無垢頻傳覺世風。佛域三千飛夏雪，僧家一片廣寒宫。

三、中台雲霧

不二法門淩道中，一心朝聖拜殊童。衆生仰望壇臺上，霧隱梵王玄妙宫。

四、西台掛月

雲舒雲展法雷峰，獅吼龍吟自不同。千籟消聲經息後，一輪明月掛清空。

五、南台賞花

叩求智慧繼香煙，朵朵白雲悠寺前。絡繹衆生朝不斷，華嚴勝境四時鮮。

六、菩薩頂

皇家朝拜作行宫，寺冠清涼靈鷲峰。天下名山嬴佛境，文殊於此住真容。

七、顯通寺

喜看雲頭七彩霞，佛光陣陣出山涯。禪居聖閣台懷鎮，金碧輝煌第一家。

八、黛螺頂

當年專爲帝王開，後世芸芸接踵來。一步一階千八叩，五方明鏡小朝台。

九、殊像寺

蕎麵齋台正和間，忽聞雲外法璣旋。狻猊背上真容露，點化塵寰般若泉。

十、佛母洞

風雨輪排晨至昏，參朝足見赤心敦。投胎佛母重生後，天理人倫知感恩。

辣蓼花

嫩緑斑紋別致容，粉緋蕊簇曳清風。葉莖和粉搗成曲，冬至酒香飄邑中。

憶舊夏夜

問卿安得初心在，腕底清風拂面來。一日艱辛隨汗逝，悠然夢裡到瑶台。

南匯遊

才向新城臨港潮，瓊林枝上惹神猱。甜甜一口清心露，南匯胭脂水蜜桃。

洋山唱酬

蘆潮風景冠中華，後悔當年未問茶。君若有情君莫忘，春來南匯看桃花。

臨港頌

一卧長橋東海灣，鮮花緑意碧雲纏。新城臨港英明策，滴水文章大自然。

賀華興廿五周年

滿目黄鸝争樹鳴，喜看秋雁入雲輕。雖然赤子三分力，也盡華興一片情。

乙未中秋

十七時十二分月出，明晨五時三十五分月落，神州有整整十二小時二十三分的時間，盡情賞月。十八時，圓月升出地平線，此時月亮位置過低，被城市高樓（大樹）遮擋，難爲人所見。隨著天色漸黑，如夢如幻的月亮逐步高升，芳容顯露，二十時，已有「月上柳梢頭」的詩意，二十一時，進入賞月最佳時間，我拍了四張月照，並吟四句微信，祝福我的親人和朋友們中秋快樂。

空際微雲映碧瑕，中秋月餅冠中華。我將心意托明月，快樂團圓每一家。

乙未重陽

三秋地鐵千墩去，一路陰陽二界遊。天下興亡誰有責，墓前白髮淚空流。

上茅山

翹首上山憑索道，雲嵐緲處是仙家。忽然風雨迎賓客，頭白鴛鴦面壁涯。

謁崇壽觀

慢道塵囂只釣名，從來世事暮雲輕。唯將一善適人意，風雨無常可處行。

詩人持螯

案頭瓶插菊花香，甲卸肚開膏正黃。自在無拘挑剔細，慢條斯理篤悠嘗。

記雲台禪寺

再造雲台福慧功，如來信衆感恩同。佛光普照汾湖畔，銀杏曳遥千古風。

雲台禪寺千手觀音開光

雲台禪寺小南海，千手觀音揚柳枝。法雨十方恩世澤，舟行水上月明時。

騎驢（二首）

一、烏啼

安得騎驢的篤行，推敲專注晚霞晴。取消免費乘車卡，誰爲老人鳴不平！

二、回望大龍湫

一瀉龍泉仔細斟，莫囂山水隱禪岑。無端欲問尋詩夢，不及騎驢得意深。

姑蘇吟（四首）

一、山塘行

算定雲霄霏雨收，姑蘇相約五人遊。慢行步出閶門外，七里山塘到虎丘。

二、重元寺

破壞徹遭文革侵，重興猶見佛胸襟。禪林高閣瀛天下，水上蓮台觀世音。

三、山塘早餐

才現東吴破曉空，諸君何必急匆匆。百年老店頭湯麵，香味筋鮮自不同。

四、金雞湖

千頃碧波平鏡幽，最宜逐浪渡閒愁。環湖廣厦萬千棟，新突城標褲衩樓。

臘八

漫道蒼生皆趕早，晨霜凍折蠟梅條。佛門一碗濟公粥，天下頓時寒氣消。

贈許君

目標鎖定敬勤歌，些許紅塵奈汝何。山水經營生意好，清風明月自然多。

丙申新春三則

（一）

竹報平安因禁糾，又添敬老廢乘憂。斯人休説寒嚴酷，無父無君一石猴。

（二）

每現異端興逆流，從來不顧庶民憂。世無佛祖降魔杖，攪亂乾坤是潑猴。

（三）

王孫高調强權鬧，竹報平安嚴禁潮。十五花燈遭雨打，湯圓一碗度元宵。

驚蟄郊遊

莫言九九豔陽遲，一陣春雷揚柳枝。生意盎然驚蟄起，人間萬物應天時。

丙申清明

霏雨空濛執杖行，壟崗道上杜鵑鳴。墳頭一束毋忘我，凸顯陰陽至愛情。

憾　甚

踏破芒鞋半世尋，雲橋夢裡點知音。誰將絲雨憑天下，不鬧春光只鬧心。

三月廿一晨出

清歡小鳥不鳴歌，滿道車流尾「P」多。險象環生交匯口，警官不管奈之何。

雲　泥

羈旅行蹤幾十春，豈容鴻爪了無痕。我從不喝忘情水，只引甘霖澤世恩。

謝曹森、佩蓮

楊柳依依碧緑絲，明前龍井正當時。東方一片真晴見，風雨行人豈不知。

給羈美女兒回信有感

不再家書抵萬金，即時撰寫即時吟。輕松一點微鴻去，瞬息相思到達心。

丙申三月廿一臨安采風

分韻得「灰」山頂即景

不意連天風雨摧，滿堂詩友正心灰。忽然雨霽雲開處，飄緲峰巒水墨堆。

又分得江韻一首

雨宿臨安

開弓箭定九濤瀧，夢醒猶聞越女腔。春雨綿綿妻獨宿，夜夤何處問更梆。

獨坐感懷

太湖源谷，泉水叮咚，澗流潺湲，壑風微鳴。分明是自然古琴泛奏著天籟之音。趨耋老漢，萍蹤到此，坐聞即景，感而有賦：

無邊風月一張琴，坐谷聞聽天籟音。趨耋黄郎才盡日，恨無妙句助行吟。

臨安山羈

山頂人家待客忙，熱情老闆不尋常。竟饞應季時蔬嫩，更喜椿芽炒蛋香。

陽臺晚景

可憐一朵杜鵑花，空戀西山旰日斜。被恥一生愚未醒，不離不棄對人渣。

周迪平畫展觀後

春光秋韻足風流，大好山川一筆收。欲問知音歸底處，迪平畫裡盡鄉愁。

——猴年馬月初四

應二泉「端午」詞

布穀聲聲澍雨滋，端陽未必汨羅辭。調邪補氣青梅酒，正適插秧芒種時。

七絶題扇

晨曉東窗未及開，已聞蟬噪入陽臺。夏炎外出毋忘我，自有清風得意來。

丙申乞巧

白絮藍天好個秋，葡萄架下性情幽。書生不逐淳生夢，只把離騷作枕頭。

臨安别居

分明已是夕陽斜，白水澗前新有家。且看丘坪溪岸上，一藤牽掛夜開花。

七言律詩

致書紹益君

當年初識避呼稱，抵足常談慕意增。新港藍田尋碧玉，古瀛灰屋看青藤。千秋明月三茅澤，萬里長江一練澂。海市無鮪待佳客，柴門有酒醉高朋。

——丁巳三月初十

西塘即興

徐步西塘溪柳北，民居古樸石橋東。後門傍水家家埠，前院依街户户穹。掩雨長廊商賈市，臨流堤道酒旗風。清明河上新秋遠，欸乃聲中晚照紅。

龍華寺賞牡丹

龍華卉圃笑聲歡，穀雨三朝看牡丹。姹紫嫣紅如瑪瑙，鵝黄雪碧賽琅玕。名花美豔神州苑，國色添香上海灘。天道清明揚正氣，人間何懼倒春寒。

——壬午三月初十

仁初吟長梁孟雙慶、原韻奉和

仁恕家風合有償，初春華幄駐流光。吟壇夫子熏東海，長者人儀式硯岡。耄杖耋巾馨斗宿，壽屏誕日播雲香。喜看齊作期頤頌，慶賀眉峰皕歲長。

注：是日仁初吟長九十華誕，其夫人家華八十華誕，故詩鶴頂、鴛肩嵌：「仁初吟長耄壽喜慶，家華夫人耋誕齊眉」以賀。

華興九秩詩人曲水流觴

重陽祝壽詩會

夙願秋風得意償，藍田老玉競生光。寄衷兩極雙星壽，祝嘏三吟百歲章。滬瀆蘭亭歌詠士，華興曲水舉流觴。詩壇自古真情篤，牽手期頤再頌揚。

步和子芳先生《花甲抒懷》

偶爾聞君甲子庚，亦將籬菊賦心聲。天涯一曲高山韻，咫尺七弦流水情。來日得緣相與析，連床秉燭共經營。苕溪碧水攬明月，海市層樓醉晚晴。

附：姚子芳原玉

花甲抒懷

回首平凡六十庚，詩書筆墨注心聲。中庸處世懷仁愛，淡泊爲人重義情。顧去勤將桃李育，瞻來懶把芷蘭營。浮生最愛東籬菊，不與春花争雨晴。

五人酬唱

次韻酬發根兄《子芳陪申城黄旭來訪》

（一）

苕溪自古碧芸新，薈萃芳菲格外親。初識山禾名勝卷，久儀才俊逸書忞。六旬一手生花筆，二短三長著錦綸。尤幸仁皇知己會，誼情更比酒心醇。

（二）

慢言美酒熱腸醇，當謝菰城善釀人。琴室才將絲語息，席間又出笑聲頻。鴛鴦枕上恨宵短，楊柳梢頭鎮日新。雖説緣來秋色宴，卻逢十月小陽春。

附：嵇發根原玉

子芳陪申城黃旭來訪

黃兄坦言心怡已久，初面似曾相識

（一）

兄來秋色入冬新，初面猶如故舊親。滬上感君識山草，苕邊怡我讀詩文。志無天塹連胸憶，心有靈犀續經綸。幸得子芳約琴瑟，此生交誼滿杯醇。

（二）

此生交道滿杯醇，因謝烏程昔釀人。黃浦亭頭詩詠古，申江岸上客回頻。冬臨道是春非遠，温念心誠話更新。歌罷再吟思猶切，還教意静待來春。

注：鮑照有《吴興黃浦亭庚中郎别》詩，詩中有「温念終不渝，藻志遠存追」句。

附：陳景超奉和黃旭

（一）

滬上人文日益新，酬詩飛報覺情親。書齋樂趣秋豐稻，客子風騷夜半忞。我已無心插楊柳，君猶有意織經綸。來年好約茱萸唱，清興更濃酒更醇。

（二）

清興更濃酒更醇，時時雅集伍文人。挖空腦髓吟聲澀，打發朋僚寄稿頻。垂老夢來常思舊，偕年水去見天新。黄雞一唱桃符换，又笑梅花報歲春。

附：姚子芳讀發根、黄旭、景超三兄

唱和詩偶感

自古文人相敬多，辛勤騷苑植花禾。他年回首詩壇事，感慨風流唱讚歌。

附：邱紅妹步韻和三傑

（一）

芸壇争秀獨君新，香沁春風倍覺親。折桂蟾宫延志籍，握蘭芷室賦芹忞。四株並樹增瓊意，一瓣添梅繪彩綸。姿韻芬芳傳萬里，百花釀酒溢清醇。

（二）

黄花釀酒溢清醇，夏淺秋深最可人。離客魂消迷古勝，騷人夢斷憶辭頻。吟風弄月天天醉，采玉探珠句句新。茗雪款師東閣宴，申江梅約一壺春。

次韻酬景超兄《上海黃旭來衡，姚子芳陪》

自詠桃源歸去來，黃花得幸倚雲開。初生不屑風塵柳，綻放卻鍾英氣醅。每遇寒蛩猶落淚，偏聞毒蟄敢鳴雷。臨然勁節秋霜裡，只把霓裳仔細裁。

附：陳景超原玉

上海黃旭來衡，姚子芳陪

電告文朋滬瀆來，蓬門一早對君開。剪枝黃菊尊高誼，泡盞清茶代小醅。難得塵中逢快事，喜從席上聽輕雷。明年盼續茱萸酒，百首新詩共細裁。

次魯寧韻《週末詩友静安八景園中飲茶》

尋思舊蔭並無他，聞説新枝又竊暇。論及江南天下水，品優薊北雨前茶。喜吟徑岸淩雲竹，鄙視籬邊木槿花。漫道小園青意少，自當歲歲發春芽。

兒時龍華端午憶

恰似桃源故里鄉，懸菖掛艾過端陽。龍華港裡龍舟渡，粽灶台前粽子香。翁飲杯中延壽酒，我添額上辟邪王。更聆古寺鐘聲遠，尤眺雲空鴟尾長。

步韻和國儀兄《申城飛雪》

銀花六出潔申塵，玉樹瓊樓列岸濱。專注晶瑩迎世博，更將剔透獻精神。且看天際回緋色，應笑枝頭擁翠新。莫道雲間無至性，芳心一點似金純。

附：國儀原玉

申城飛雪

婷婷嫋嫋降紅塵，欲扮銀裝靚滬濱。窗外妝成冰世界，心中化作玉精神。流連冬日時光裡，盼得春風氣象新。雲路迢遥多莫測，雪花從未失清純。

步韻酬逸明兄《六三初度》

華誕無須自唱酬，微波飛遞信詩留。賦辭獨具生花筆，吟志難忘傲世秋。陸羽敬茶盈切切，淵明致酒醉悠悠。人生莫若天涯客，一任南翔不系舟。

附：逸明原玉

六三初度

每到今宵自唱酬，幾行初度小詩留。屐痕追憶他鄉月，燈影回歸老宅秋。夢與晨星終淡淡，心隨斜日共悠悠。人須雪浪雲濤裡，駕穩浮生一葉舟。

——逸明求正

步韻和國儀兄《生日有感》

知音有幸聚「江南」，共度華辰六十三。休管青春過去苦，但求白髮老來甘。和田姚玉通靈透，臨水悠揚碧勝藍。借得群星光一束，氤茵煙裡逐晴嵐。

附：姚國儀原玉

生日有感

元知身老是江南，細數年輪六十三。或問從前成與敗，誰關往後苦和甘。清明常憶鄉山綠，梅雨輕歌澗水藍。來去無非皆一哭，我今大笑駕雲嵐！

——姚

步韻和逸明《海上清音》雅集感賦

海市初秋意韻深，上佳美酒和詩斟。清源自應從容客，吟賦當呼雅集音。江甸喜多幽徑草，南園獨缺會蘭心。起看明月懸空外，聚惡狼星已逝沉。

（藏頭：海上清吟江南起聚）

附：逸明原玉

庚寅立秋《海上清音》雅集感賦

秋氣未深秋思深，江南村裡酒頻斟。名場鬼話成官話，雅集清音勝濁音。廣厦華燈新海上，美人芳草舊詩心。吾儕管轄斑斕夢，不信星空會自沉！

——逸明求正

薊　翁

我覺今宵不足吟，有翁倚户淚沾襟。長天萬里半爿月，白髮千絲一顆心。奄奄黄昏空唧唧，幽幽人定複喑喑。孤衾幾見重陽暖，隻榻更添寒氣侵。

附：王瑜孫次和

何事清宵總好吟，倚欄悵望濕衣襟。初疑霜壓青衫夢，更恐風牽白屋心。颯颯偏教成唱和，蕭蕭豈肯效長喑。從知解語人難得，一任月移夜氣侵。

亦步東遨兄《人日桃花澗》詩韻

天工造化果然神，又見春光一抹新。無意招呼高尚士，有緣結識武陵人。舟行溪水耕耘綠，風送花香提煉純。喜作桃源莊裡客，方知洞外盡迷津。

附：逸明奉和東遨

步東遨兄人日桃花澗詩韻

閱世無須太費神，任他諸相屢翻新。行來我素方爲我，披著人皮未必人。雲卷舒時堅守淡，月圓缺後保留純。自家詩境桃園裡，還向漁郎問甚津。

附：東遨原玉

人日游桃花澗

白虎來當值歲神，桃花例放一番新。難爲斯世能容我，未必當初要識人。高樹已諳風冷淡，曲江還憶月清純。仙源或在青風側，只是如今懶問津。

步韻和逸明《遊春》

清明大地蕩悠馨，慢步西溪緑水汀。隔岸渚洲梨耀白，延濱堤道柳揚青。野花妖豔無須賞，燕子呢喃正好聽。縹緲鐘聲來檻外，告知晚課莫忘經。

附：逸明《遊春》原玉

東風使者送暖馨，活色生香滿一汀。雨後櫻花初表白，風前柳葉共垂青。山多坎坷雲安慰，泉有叮嚀石細聽。清氣沐身兼漱口，約鶯邀燕誦心經。

步逸明《與詩友清風人家茶館小聚》韻

得意黄花占盡秋，時過小雪韻還留。清風道上迎新客，歇浦江邊倚舊樓。不及牡丹争國色，亦爲豆蔻解民憂。芸香苑裡隨心悦，名利場中無索求。

江陰遊即興聯句

借得天公一日晴（黄旭），采風鵝鼻喜同行。蒼蛟飛岸通南北（邱紅妹），黑蟒穿山憶甲兵。共惜浮生人偶聚（楊逸明），欲聯佳句瀑先鳴。淙淙澗水西流處（王瑜孫），踏上歸程萬事輕（黄旭）。

黄梅江陰遊

借得天公一日晴，萍蹤鵝鼻麓間行。雄師曾指千秋渡，要塞難當百萬兵。灑脱白雲人共羡，和諧翠谷鳥齊鳴。書生情動山深處，踏上歸程責事輕。

客樵問答

七里揚帆嶺脚東，船頭羈子問梢公。功名哪個能輕放，富貴誰人可悟空。偏有嚴光昭玉節，更兼居翼守冰忠。中韓銘此雙清傑，壁立江干濟世風。

謁嚴灘

集韻嚴灘遇正陽，桐廬緑野竟芬芳。獨多雲窟三春雨，幾是瑶台六月霜。就礪經寒君不顧，清風亮節我難忘。雙昆連袂英名在，義表人間濟世長。

桐廬謁中韓兩國隱士屏銘碑

得意東風率性真，林泉千古詠詩人。富春江畔垂絲客，小月城中綱僕臣。志節五常三徑道，中韓一脈兩昆侖。屏銘岸上標青史，典範人間啟後甡。

贊退庵：金居翼先生義理精神

（一）

世遇江山易革時，忠貞不貳幾人知。首陽嶺上拒周粟，半月城中隱義師。節亮風高明聖潔，路長水遠爲君持。華韓一脈綱常在，千古汗青倫理垂。

（二）

雲霞高麗祇扶陽，璀璨明空護豔芳。易革釀成亡國酒，隱居歸對杜門霜。綱常風節拒優就，義理精神豈肯忘。情寄山川鍾日月，光輝太極永流芳。

庚寅多事秋

震旱洪風泥石流，兩韓擦火更心揪。還添物價窮飛漲，憑任奸商富冒油。滿座空談經國策，幾人注視解民憂。最憐天下寒酸士，難得雲間一寸樓。

依韻和逸明、國儀《海上清音》周年慶

子槐不識白頭吟，蕭瑟秋寒肅氣臨。蘆荻彎腰垂首側，菊花勁節傲霜侵。辟開網絡清雲路，奏響熒屏流水音。欲問塵緣何以貴，最難風雨故人心。

步和國儀兄《六五虛度》

當然珉玉出姚墟，自對山林囂外居。耕讀童心先詠志，及望明月不嗟嘘。初春雨露雖難澍，壯歲風雲卻有餘。白髮無求唯一樂，愛芸窗下伴書魚。

附：姚國儀原玉

元知始祖降姚墟，一脈江南草野居。月下蛙鳴聽鼓吹，花前風過惹唏嘘。晴煙嫋嫋三山渺，白髮蕭蕭六十餘。信是人生半哀樂，猶存時日釣鱸魚。

步和逸明《六五初度客居京城作》

清風楊柳不争光，卻向京畿授蔭涼。飛信一條聞誕喜，吟詩八句訴衷腸。人生雖得傾心諾，世道從來附媚香。就算青蓮居士在，也難瀟灑避心狂。

附：楊逸明原玉

六五初度客居京城作

綠楊窗外蔽炎光，賓舍平添八月涼。幾個鮮桃伴華鬢，一行新句出枯腸。骨經風雨增生刺，書入心脾積聚香。何必問翁能飯否，朗吟仍帶少年狂。

步酬發根兄《偕子芳兄赴滬會黃、邱、李諸詩友》

一

爲訪知音結伴行，轉輪飛速出烏程。新居海上蘭馨苑，設宴廳中友叙情。滿桌鄉肴純正味，盈杯玉液顯精誠。因緣話及平生業，君與連襟惹笑聲。

注：蘭馨苑，指發根兄在上海的新居。

二

相邀翌日一壺春，偏遇店招私利人。拒限包間阿堵物，及吟妙句卻傳神。雖然惡俗話題老，總也紅塵難革新。他管他謀他失德，我行我素我懷情。

三

坐談先憶白蘋洲，又及當年皕宋樓。遠望雙苕雖帶喜，近看一霅總含憂。千秋名勝湮何處，今日佳辭韻失儔。誰説後生無思緒，半絲牽掛令人愁。

四

海上摯交頻感念，湖州三傑播芸香。乾和齋裡談高義，「富貴」廳中論慣常。快樂詩聲凌秀閣，歡欣笑語繞飛梁。忽添離别相思意，瀟灑風姿數李郎。

注：「富貴」，指大富貴酒店。

——壬辰閏四月二十

附：發根原玉

偕子芳兄赴滬會黃旭、邱紅妹、李亦雄諸詩友

一

久願終遂滬上行，牽腸友誼駕車程。初臨蘭苑(一)隨心意，又聚宴樓(二)延舊情。南浦榴花(三)留永憶，家常(四)杯酒碰真誠。申城三會多詩詠，折柳江邊幾諾聲。

注：（一）蘭馨雅苑，上海新居，二日家宴與黃旭、李亦雄初聚。

（二）大宴樓酒店，在場中路，黃旭、邱紅妹三日設宴處。

（三）李亦雄家在南碼頭路，門口石榴正旺。

（四）大富貴酒店家常菜廳，李亦雄夫婦四日設宴處。

二

滬上新家滿室春，蘭馨雅苑會詩人。高朋蒞座輝生壁，小詠成箋韻入神。一席家常因話舊，三盅佳釀出言新。知音幸會多年計，只把今緣續後情。

三

黃邱好客饗湖州，擺席場中大宴樓。欺生一出開鑼戲(一)，友誼多回卻此憂。滬上假名三傑士(二)，苕濱難副幾詩儔。灞橋一別雲和月，再聚何時襲上愁。

注：（一）大宴樓一女招待看不起我等，以八百元最低消費爲由，拒給包間。

（二）上海詩界友人稱「湖州三傑」。

四

李兄才氣詩三首（一），一樹榴花一徑香。說韻乾和（二）書話意，偕妻富貴宴家常。一瓶小酒杯中意，滿桌素葷盆上樑。最是殘肢重離別，依依相送勝汪郎（三）。

注：（一）四日剛到李亦雄家，即取出五律三首相示。

（二）李亦雄室號乾和齋。

（三）汪倫。李白《贈汪倫》名句「桃花潭水深千尺，不及汪倫送我情」。

壬辰端陽

吻頰輕風悠艾香，一年一度又端陽。詩追屈子離騷雅，心向汨羅吟韻長。欲斬佞奸須利劍，去除穢毒靠雄黃。東風萬里清音路，共濟龍舟飛棹航。

步和逸明兄《重五》

千古離騷意韻多，而今幾個會吟哦。除魔不用倚天劍，隱鼠即如穿緯梭。雖見江河龍競渡，還憐滄海水微波。箏聲無奈雲空唳，唯有詩心寄汨羅。

附：楊逸明原玉

重五

一讀離騷太息多，每逢端午費吟哦。驅邪蒲葉空如劍，競渡龍舟又似梭。士以淚濡憂世筆，官將酒作濯櫻波。小詩投入吴淞水，遥拜南天祭汨羅。

古稀自壽

休説寒梅傲世尊，午年臘望應朝廛。龍遊上海劫難了，馬踏平江曲未伸。青壯偏無寧國夢，黄昏卻有洛陽春。情鍾詩酒古稀過，名利場中不達人。

附：邱紅妹奉和

步和山客《古稀自壽》

深得貴塘族氏尊，胸懷北斗入紅塵。休言英少虚華度，曾伏烈牛驚世伸。一片善心憐幼弱，三分雅韻伴青春。晚情最幸頻添福，摯友獨多詩賦人。

參加退庵金居翼先生紀念事業國際活動有感

先賢紀業大功成，琨耀韓邦日月明。扶邑山中瞻聖跡，富春江畔慕魚情。同行道義飛雙翼，共祝知音舉一觥。休説書生無禮數，吟詩附曲唱心聲。

韓、中、日文人代表團探訪韓國精神文化首都

主張義理正源頭，汩汩退溪清碧流。儒教詩香恩世澤，聖賢文化盡心修。廣場芳卉悠馨氣，緑水青山擁彩樓。難得傾城歌詠賦，天光雲影自豐收。

——安東有感

步酬逸明兄《重陽快樂》

晨曦輕曉式微煙，丹桂幽馨夢裡船。淫雨昨宵淋滬瀆，重陽今日照秋千。雲空新蕩誰家處，金酒陳清旨意專。莫道年華虚易度，從來黄菊伴籬邊。

——壬辰九九

附：杨逸明原玉

重陽快樂

風送新涼雨送煙，桂香如水夢如船。又持杯茗過重久，更上層樓覽大千。足健共山緣分近，心閑與筆感情專。蕭蕭往事隨秋葉，追數年華落鬢邊。

步和佐義兄《七十自壽》

往事無須太較真，晚晴瀟灑作詩人。當年叱咤風雲傑，轉瞬促成牛鬼神。斯世原來多險路，吾儕本就少通津。管他過去清明雨，祇惜殘秋小孟春。

附：佐義原玉

七十自壽

垂垂老矣自當真，七十始知難作人。不是南冠囚楚客，曾經口水扮蛇神。淩雲有志歎無路，弱水中分待問津。最悔教壇混飯吃，後生多少誤青春。

同逸明《壬辰臘月廿三與詩友小聚莘莊中央公園》

酒酣乘興更徜徉，共賞園林映水光。數縷輕風稍帶暖，幾絲細雨也含香。臘梅嶺上偷春早，翠鳥池邊引首昂。爲報東君明日到，一群騷客已先忙。

步酬國儀《西曆除夕偶感》

揚帆未必定回頭，涇渭從來各自流。不見青山留夕照，已然白髮對殘秋。人間若有仙槎渡，事世何須葦葉舟。且進黃昏三界外，心安體健是唯求。

附：姚國儀原玉

西曆除夕偶感

揚鑣豈可再回頭，雲自飄浮水自流。彩鳳攀枝賞孤月，碧梧凋葉對殘秋。山林莽莽溪邊草，人海茫茫浪裡舟。酒過三巡尚能飯，餘生夫複又何求。

悼鄧萍

少年立志作新芹，決意投身武漢軍。起義平江星火舉，運籌紅校筆殳耘。婁山關外英姿躍，遵義城頭碧血殷。短暫人生無憾事，千秋彪炳足長欣。

精英王若飛

長夜茫茫君獨醒，敢淘大浪是真金。陝甘謀略人人贊，鐵檻生涯個個欽。抗戰勇姿身瀝血，和平談判夜嘔心。晴天霹靂憑空難，雖死猶榮列士林。

獨上敬亭山

孑力登高竹杖孱，秋光雲影競斑斕。三山擁抱幽城廓，二水銜縈碧玉環。皇世好逑非意境，人間難渡是情關。敬亭千古留遺恨，誰個知聞不淚潸。

詠浦東

作畫吟詩追共好，誰人不涉浦江潮。風濤棄舊心中憾，阡陌分芳夢裡遥。一顆明珠瑩日月，千尋廣宇矗雲霄。羞言市化皆爲福，失卻良田禍事夭。

抗戰史記

日本侵華刻骨靈，豈容强盗肆横行。平型關捷民心奮，正義軍威敵膽驚。捍衛長沙英士血，共殲賊寇弟兄情。八年抗戰艱辛力，贏得神州青史名。

題「金士純屏銘研究」刊行

曾記宗儒鼎盛時，中韓文化已當知。退溪弘學屏銘璧，鶴子感恩傳遞師。不僅九州無限允，放之四海總稱宜。齊家治國平天下，義理崇高雲錦垂。

蘆潮新貌

橋跨洋山深海塢，叢林廣厦緑如酥。金濤拍岸南魚嘴，碧玉盈波滴水湖。近策新城臨大港，遠謀滬市展宏圖。郊涯有此空靈苑，難怪群芳振臂呼。

詩念長征——紀念紅軍長征勝利八十周年詩詞徵稿

長征前驅

抗日長征先遣隊，英姿北上氣軒昂。可憐兵進皖蘇浙，不意横遭骨肉傷。懷玉山崖盈碧血，首村隴野盡沙場。家邦遇劫誰堅信，兄弟鬩牆真禍殃。

五言絶句

放學路上

放學共回家，橋頭看晚霞。驀然垂首見，倒影海棠花。

小登科

洞房紅燭暗，簪玉剔花心。一曲梅三弄，嬋娟和樂吟。

注：予好吹洞簫曲，梅花三弄。

仰瞻冷香閣

冷閣逸香頻，山莊擁翠新。陶書龍虎豹，熊字最精神。

——甲辰三月初一

答友

風雨無晴夜，問君何守常。一燈同作伴，劉向治愚方。

——丁未端午

題蘭溪山水圖

簡素逸空靈，荒寒曠遠溟。怡情不拘似，得意可忘形。

子媳婚日囑

有緣成襻扣，前世百年修。風雨知珍重，相依到白頭。

贈梁老

風雨同舟渡，齊眉已白頭。相攜登皕壽，更上一層樓。

——庚辰仲春，梁明暉老米壽，余占一絶以賀。

北京又一順小聚

同學京畿會，尚時冬令羊。肴名它似蜜，食後齒留香。

注：據說它似蜜，原本是香妃爲乾隆用羊裡脊烹製，鮮香特異。

——庚辰臘月十五

天柱歸來畫潛山並題

皖山舒秀翠，潛水映芙蓉。五嶽曾臨遍，難登天柱峰。

——辛巳巧月十一

遊興福寺

初羈常熟路，風雨破山行。竹徑迷秋色，梅園待霽晴。

虞山謁瞿墓

意欲擎天下，奈何風雨凄。師生同一夢，貞節判雲泥。

注：式耜，牧齋門生，臨大節，師降生死，判若雲泥。

——辛巳巧月十二

晨練

水依青色碧，日映月天紅。意守心田上，人行草木中。

注：壬午二月廿三日，恰值清明，宋園天光橋頭，曉月當空，朝陽初映，柳青水碧，人練太極。趣詠一首，蘊「清明思茶」四字。

結鷗軒

晚景得閒餘，結鷗囂外居。庭栽棲鳳竹，池養化龍魚。

過巫峽

東方紫氣微，神女應羈飛。偕得朝雲去，行完暮雨歸。

——壬午重九晨

望天平

溪山紅欲滴，醉煞賞秋人。自打重陽後，芙蓉一路春。

自律

學詩承古韻，從不慕時榮。但得辭中味，欣然舉一觥。

七夕

可憐牛女怨，一會一星期。勞燕分飛去，空巢訴別離。

韋馱

旦宵千古寺，半月照禪林。獨杵紅塵外，蓮台觀世音。

注：二〇〇四年，寶華寺元旦聽鐘。

題紅妹《士女對弈》圖

石室爛柯風，更添巾幗雄。紛紜天下事，盡在手談中。

題紅妹《太白醉酒》圖

雲空未必空，長顧謝亭東。白髮三千丈，才華一醉中。

題紅妹《伏虎》圖

曾當風雨劫，一度顯威王。今匐靈嵒上，安然護佛光。

紫藤花《贈老安》

新緑映晴霞，東林第一花。紫芳舒遠近，幽馥沁天涯。

注：老安者，湖州姚子芳也！

葦花《贈衡廬》

葭時遭雨滌，未秀暑炎炘。成向潮頭立，臨風自不群。

注：衡廬者，湖州陳景超也！

外灘早晨

闋鐘破曉空，初日映窗紅。十里浦江岸，千人太極中。

甲申重九夜

更深難入夢，依檻望雲樓。塘外半輪月，江灣一葉秋。

龍華塔影苑

碑亭風澹宕，石徑竹扶疏。逸步雖成句，臨池不敢書。

——乙酉三月十七

夜　歸

露寒霜氣冷，秋雁渡横塘。月色三千里，金花二十香。

——記戊子九月二十

題牡丹（五首）

一、有寄

緣結璧無瑕，十年情有加。莫言垂柳絮，至愛洛陽花。

二、壽字牡丹

何以頌南山，精心繪牡丹。嫣紅馨洛邑，姹紫祝長安。

三、無題

初誤嫁人渣，而今映璧霞。風流傾國色，一朵洛陽花。

四、丁亥牡丹詩會

龍華千古禪，騷客竟依欄。穀雨三春裡，心香是牡丹。

五、及望即雅

龍華賞牡丹，今日又依欄。明月來相照，清風夜合歡。

己丑清明後五日，滬上詩友應方丈照誠大和尚之邀，小聚龍華古刹，觀賞一百六十年花齡之牡丹，即席記雅。

謝子芳贈《東林鎮志》

一部東林志，三年心血成。千秋功不抹，萬古益民生。

——己丑八月廿八

寶華寺子夜迎新

並肩恒水行，璀璨罩叢瀛。更喜中天月，團圓一路明。

——二〇一〇年元旦

中元節

爲解盂蘭苦，盆齋供十方。河燈香燭影，超衆渡慈航。

注：「盂蘭」梵語「倒懸」也，比喻痛苦。尊者目蓮，母親生前作惡，死後墮入餓鬼道。佛告：想救母，需在七月十五「具飯百味五果，汲灌盆器，香油錠燭，床敷卧具，盡世甘美，以著盆中，供養十方，大德衆僧。」

庚寅月夕《娥吟》

秋心兩地同，孤影對長空。君寄人籬下，吾依月桂中。

曉　妻

商賈多陷阱，見膩手毋伸。賈語難爲信，童尪莫作真。

注：尪，音尻，隨説而不當真的話。

咫尺天涯

蕪是汀邊草，鯖爲水上魚，朝朝盱倩影，暮暮不同居。

得意

莫道薪資少，妻賢幸福多。一杯嘲小酒，二指吮田螺。

閑情

當初臨百樂，黃菊映秋波。一見鍾情日，今卿意若何。

步韻酬逸明兄《中秋》

東天庭際外，卓起一晶輪。淩素清霄夜，明光照世人。

附：杨逸明原玉

中秋

鬧市燈千樹，清都月一輪。登樓頻俯仰，忙煞寫詩人。

附：紅妹奉和

雄獅今已醒，奮起逐飛輪。贏得滄桑變，驚呆外國人。

諸暨榧園

裡宣山户樂，興景喜當前。聖果香妃子，村醪醉謫仙。

民防頌

當年深挖洞，今日作防空。此等民生計，英明護世功。

月　夕

萬里晴空外，天涯别有吟。一輪相互照，兩地不眠心。

法林高僧

法雨菩提下，林陰石點頭。高賢參佛理，僧學大乘求。

和逸明《龍年的思考》

神物在天宫，天宫本就空。翻騰雲霧起，蠱惑莫如蟲。

——壬辰元日

附：杨逸明原玉

龍年的思考

神物何曾有，炎黄認祖宗。幾時人徹悟，自主不求龍。

——壬辰六月初七

滬瀆近日

海上東風勁，藍天白絮雲。悠悠空際外，萬里逸清昕。

聯句互祝中秋

金風吹又度，天下共中秋（陳衍亮）。滬瀆相思樹，濟州明月樓（黄　旭）。

——壬辰月夕

無　奈

重九豔陽天，登高又一年。思親親不見，欲愛愛無眠。

——壬辰重陽

冬夕題照

雲開新霽色，日照晚來秋。邂逅多倫路，相知已白頭。

今晨過盧浦大橋

雷鳴大雪飄，海市變瓊瑶。緑樹銀花綻，江樓碧玉雕。

——癸巳正月初十

遊黄山翡翠谷

黄山春景奇，無處不生機。及翡探幽壑，愛坪芳草稀。

注：翡翠谷有愛字坪。

學雷鋒

千古説民風，民生第一宗。與其高口號，莫若學雷鋒。

釜山别

韓國相奎弟，遺吾山海參。臨行猶濺淚，赤子意情忱。

朱家角

如來登彼岸，風雨放生橋。觸目菩提路，三元命一條。

贊李君

身居蘭室久，自亦染幽馨。相處皆鴻鵠，往來無白丁。

母親節賀岳母

九四高堂在，拘身不遠行。幾枝紅石竹，一片女兒情。

葡　萄

累累枝頭掛，晶瑩一見歡。無能食其果，不必汙其酸。

——聞格律束縛思想論

説紅豆

墨洇千古事，不挑不分明。淚血相思樹，蕭郎紅豆情。

秋　情

庭外秋風起，頻傳促織聲。但飛針與線，冀北暖征程。

紫筍茶

只爲品佳茗，渚山騷客行。清風明月下，能不動詩情。

題青蓮圖

一時憑淡定，三界獨清妍。渟立香幽遠，誰能不愛憐。

悼　言

追思岳母賢，雙淚落胸前。漫漫西行路，陰陽一線牽。

——甲午正月十五

甲午中秋

底事最堪憐，長河兩岸邊。團圓明月夜，一對鵲橋仙。

小木屋

清曉鳥鳴春，驚醒夢裡人。廊前山水綠，曦籟更迷神。

杜鵑又奇

一反自然律，春花秋月開。分明天道異，深恐蘊何災。

——甲午閏九廿三晨

泗涇憾遊

古鎮新坊下，街無史世風。三弓遭棄毀，一箭假而空。

注：泗涇古存：三橋如弓挽溪上，一塔似箭射雲空。

下酒

一盆雞脚爪，數段嫩黄瓜。三兩花生米，平民美食家。

約再見

臨別訴心陳，知君灑脱人。清明三日後，共享一壺春。

羈春（三首）

探梅

上海海灣中，梅開十里紅。遊人紛沓至，誰不謝春風。

贊梅

情鐘别樣風，不與衆芳同。香發長波浪，春顔映雪紅。

詠梅

庭苑嬌枝豔，新春是暖冬。花間甜蜜蜜，一隻小黄蜂。

同學請玩

莫言同耆樂，鴻雀亦然殊。一杆雲天外，晴空高爾夫！

孤　宵

長夜守零丁，遥望織女星。彈琴明月下，浩漢有誰聽。

黄　昏

爲承詩畫印，白髮逐聰明。傍晚無風月，昏途結伴行。

雲台古寺

嘉善玉無瑕，禪披福慧裟。汾湖親水月，見佛見蓮花。

訪親道上

爲訪妻兄去，金壇薛埠東。順車遊善卷，作客水晶宫。

凝望滄海

少壯當初楫，迎鷗破浪乘。如今貓蝶客，一個老無能。

連雲港農家樂

客居靈秀地，幽境出塵寰。門對水簾洞，背依花果山。

丙申元宵二則（外一首）

一、晨見迎春

中春寒氣侵，天地不能淫。風雨陽臺上，元宵點點金。

二、鬱結

春節禁高升，元宵雨打燈。申城新歲裡，何處覓傳承。

奸商行為

口禪人性化，實作且營笞。若問蓬蒿氣，雙梅怒放姿。

題扇五首

（一）

炎熏烈日晴，不絶噪蟬鳴。腕底知音在，清風一路行。

（二）

北有廣寒宮，休閒六月中。南無清暑殿，腕底自來風。

（三）

七彩抒胸意，香風亦有情。牡丹亭下客，涼友伴君行。

（四）

前途日照明，難免遇新情。風起青萍末，伴君千里行。

（五）

酷夏蒸炎日，難熬六月中。君無清暑殿，聊寄一絲風。

贈扇答亞芬

不忌雲吞沸，號稱千里香。青萍無所有，聊贈一絲涼。

——丙申六月廿四，時高温四十度。

五言律詩

祇園寺聯句

文朋海上來，友誼似花開（姚子芳）。驛站欣迎客，熱情爲滿杯（李亦雄）。申江思越角，騷士慕君才（邱紅妹）。再剪西窗燭，共熒明鏡台（黃　旭）。

詠南翔

白鶴南翔寺，吉祥千古秋。香花橋上客，雙塔級前舟。佛閣盈紅燭，鐘聲蕩碧幽。而今新羽舞，前展更風流。

寧波阿育王寺瞻佛舍利懷寄禪

桃花風雨劫，覺戚出塵之。剃度東林老，參從恒志師。燃燈剜臂肉，循理悟禪詩。八指頭陀夢，佛心天下知。

注：寄禪，俗名黄讀山，民初三詩僧之一，與蘇曼殊、李叔同齊名，曾置長明燈上燃去二指，故後號八指頭陀。

此生緣

夕照遇知音，焉能不動心。情真恩易切，愛久欲難禁。端午成連理，重陽入上林。雙飛雲錦裡，共唱白頭吟。

秋賞玉簪

秋窗明月下，欣賞玉簪花。肌白荊山璧，香馨珪谷霞。婷婷雲鶴立，嫚嫚葉莖華。不棄輕吟客，遷移入我家。

步酬逸明《重五戲作》

蒲艾鬱芸芬，騷壇又憶君。清湯雖是寡，濁濯也難群。蠅腐從來臭，塵囂豈不聞。爾吾情自愛，何管亂紛紛。

——回賀逸明兄端五佳節快樂

附：杨逸明原玉

重五戲作

誦句揖清芬，今宵愧祭君。士醒誰肯獨？官腐自成群。謠詠隨風走，牢騷載道聞。世人無内美，國罵正紛紛。

——逸明祝旭兄端五佳節快樂

望前壽聖寺

相邀喫茶去，笑語逸秋風。丈室迎詩客，一杯如意紅。蓮台參佛後，夜幕降林中。月上飛簷角，浮圖鎮寂空。

古風

詠劍

寒光匿匣鋒不露，出鞘敢擋百萬師。憾懸高壁無人問，終有壯志空待時。

注：丁巳四月初九遊瀋陽故宫正白旗亭，見壁懸鴛鴦劍忽而詠賦。

爲妻題照

也立花間效稚童，秋波清淺映芙蓉。嫣然一笑群芳妒，留住春風咯嚓中。

——甲子殘冬孤山探梅

竹淚

莫不亦思心上秋，疏枝個個盡垂頭。葉尖迸出傷心淚，點點滴滴爲誰流。

注：辛巳巳月廿九，夜不能眠，晨起臨窗，發現窗臺竹梢頭個個新抽葉苞，針尖垂著瑩珠，奇而呼妻同看竹淚，妻白眼而譏曰：真是個多情種子。余不意而賦七古一首。

題陳老殿型先生《雙貓圖》

絨毛梳理細毿毿，繾綣相濡誰與堪。更喜炯光何所意，偷窺梁上燕呢喃。

——壬午應鐘

南浦贈柳

折柳中江月不明，牽腸掛肚夢懷縈。憑欄日日南天望，心卻伴君萬里行。

——辛巳閏巳初三子末

初登虞山門

常熟不與錫蘇同，千里平疇獨一峰。只爲紅塵更需緑，青山一半入城中。

李、黄、邱、姚、嵇(一)滬上聯詩

應招尋得蘭馨(二)址，一見姚嵇心自喜。未爲洗塵反受邀，舉杯愧煞無過此。

(李亦雄)

笑談箸下起風雲，饕餮口中如學士。玉液盈盅出帝畿，佳餚滿桌來鄉梓。

（黃旭）

昨天缺席未嘗鮮，今日宴樓酬摯己。妙語橫生趣味濃，奸商唯利(三)詩人鄙。

（邱紅妹）

飛輪直駛到申濱，舊雨(四)相逢盈熱淚。海貝山珍美味香，詩朋詞友重情義。

（姚子芳）

申城三友相逢喜，茗上雙朋會知己。大宴蘭馨富貴(五)餐，天長誠意如唇齒。

（嵇發根）

——壬辰初夏

注：（一）題指李亦雄、黃旭、邱紅妹、姚子芳、嵇發根。

（二）蘭馨，蘭馨雅苑，嵇之女兒家。

（三）六月三日，黃、邱於大宴樓張宴，店小姐欺生，小視我等。

（四）舊雨，老朋友。

（五）三次聚宴處，因韻之故錯序。

西泠秋夜

六朝風雨渡，千古慕才亭。天地同心結，西泠月似晶。

——乙巳仲秋於錢塘門外

故地重遊

古鎮南翔寺，長街一步遥。聲名揚四海，佳點小籠包。

對面夫妻

佛祖亦垂憐，恩涓入世間。同修三十載，一片二人天。

越歌：會稽山居

傍晚依山月，清晨破曉雞。潺潺流澗水，嚦嚦枕鶯啼。好作羈遊鶴，自當雲裡棲。

詠　茶

春山新雨後，曉霧繞仙峰。瀑濺梯畦上，人行草木中。煞青清氣竭，焙綠爐薪紅。工就龍呼水，香馨畫苑東。

安慶謁陳墓

淩雲心似月，蒙難氣如虹。安慶宜英地，神州獨秀峰。忡忡金粉淚，諍諍匹夫雄。擎炬普羅米，中華第一功。

注：陳蒙難獄中作「金粉淚」詩五十餘首，抒發憂國憂民之情。何應欽到獄中勸降，陳凜然斥曰：三軍可奪帥，匹夫不可奪志。

記遊同里

聞説同里好，果然景不差。不識丁水路，借問地主家。順指百步外，宮燈掛柳椏。溪岸垂纖緑，三橋映璧瑕。圯上同倩影，河中泛櫓槎。微微退思園，意境冠中華。幽巷履歸步，中天日已斜。小店妻沽酒，輕車夫當茶。手剥開心果，送口醉心花。恩愛相以沫，連袂共天涯。

詞

十六字令（三首）

（一）

秋，咫尺江灣夢裡愁，芭蕉雨，點點滴心頭。

（二）

秋，夜半縈絲理更憂，窗臺外，簷底淚空流。

（三）

秋，千里陰霾不肯收，噓聲問，淅瀝幾時休。

——戊子月夕

憶江南（二首）

（一）

杭州好，常被夢縈牽。孤嶼山前梅映雪，錢塘門外柳朧煙，慢步斷橋邊。

（二）

嘉興好，最憶是南湖。垂柳輕揚風似籟，煙波浩渺雨如酥，舉袂慕雙鳧。

夢江南

姑蘇夜，夢入館娃宫。瀟灑一杯春玉液，陶然兩頰醉芙蓉。細柳舞東風。

如夢令・翡翠谷

豁垌青霞交映，瑶草玉溪紅杏，清曉共熙春，蝶舞卉叢紛競。仙境，仙境，泉水擊敲幽磬。

如夢令・酬雁客

澇地旱天人哭，災害豈惟舟曲。毁伐自然過，水土失衡回復。堪讀，堪讀，趕快護林陰緑。

漁父・松江田歌

四月雲間雨若煙，子規聲裡蒔秧田。淞浦外，泖岡前。輕盈白鷺舞翩躚。

漁父・雪霽登飛英塔懷古

踏雪沖寒獨上樓，風光千里一絲惆。山脈脈，水悠悠。苕溪底處白蘋洲？

——癸未正月十二

漁父・自題畫

幾度人生得意歸，輕舟如箭笑聲微。苕水碧，鱖魚肥。蘆花斜映夕陽輝。

人月圓・黃山中秋

黛巒晨曉依明月，清澗水潺流。卿吾難得，黃山頂上，共度中秋。華光輕撫，羅衣剔透，桂馥馨幽。人生有此，良宵美景，夫複何求！

——乙酉中秋

一剪梅・秋水伊人

隔岸幽叢薜荔牆，秋水伊人，別墅山莊。當年飛燕逸春光，左史良才，恩愛綿長。

一代清流正氣昂，遭忌靈台，駭世凶殤。可憐碧玉落禪堂，孤影青燈，冷月和霜。

注：乙丑閏五初三遊孤山，望見對岸秋水山莊，有感而賦。

調笑令

知了，知了，落葉秋風過早。離人舉目天涯，西天一片落霞。霞落，霞落，煙靄青山暗漠。

——甲子年八月初三賦於上方山

訴衷情·為《卓霖回憶録》題序

少年壯志欲何求，熱血許金甌。投戎夢向何處，軍校在徐州。　聲令下，渡横流，滅餘猶。異鄉勤國，海市天涯，幾十春秋。

浣溪沙·澹園雅集步莊嚴教授原玉

涯集澹園皆大家，唯吾邯道步蓮花。鶴群雞立愧無涯。　聆教只知恩露受，流連不覺夕陽斜。晚晴一片蔚雲霞。

鷓鴣天・湖州東林行

丙戌七夕，應地主姚子芳邀，偕尹克儉、李亦雄、邱紅妹游東林，得詞一闋。

只爲尋芳覓古蹤，東林白酒醉仙翁。糖橋不度無緣客，圯址依然有道風。　山錦繡，塔橫空。祇園禪寺緑陰紅。遠望白鷺悠溪外，近瞰青螺浮玉中。

注：東林白，東林傳統名酒，北宋天禧年間，東老沈思用十八種中草藥配制釀成，色白味美，有榮筋活血之功，無亂志傷神之弊，曾醉倒吕仙，帶有仙氣。故民間又稱「醉仙翁」、「十八春」。錦繡，指錦峰山，繡球山。

鷓鴣天・丁亥再賞龍華牡丹

莫道當年國色香，上林苑裡試新妝。姚黄合璧金鑲玉，魏紫含瓊露滯霜。　情切切，意茫茫。幾回夢裡到錢塘。自從别卻臨安路，不禮君王禮佛王。

鷓鴣天・寄念人防

遥憶當年歲月傷，「大哥」「大叔」盡豺狼。全當華夏砧頭肉，不意黎元心志鋼。深挖洞，廣存糧。軍民地下固金湯。警鐘猶似雲中鶴，時刻常鳴護太康。

鷓鴣天・謁淞滬抗戰紀念地

虹閘當年八字橋，寇烽一二八初挑。幾經浴血雖平熄，八一三時兩度燒。　情憾憾，意寥寥。神州大地半枯焦。三光政策亡吾族。似海深仇豈可饒。

注：八字橋，虹口、閘北交界。一九三二年一月二十八夜十一時三十分；一九三七年八月十三日上午九時十五分，兩次淞滬抗戰在此引爆。

少年游・丁亥重陽龍華雅集

登高憑遠望萸秋，櫛比競重樓。喧囂賈市，車塵煙裡，不及少年游。　當初寺塔臨江外，古柳系扁舟。阡陌桃花，風光碧野，無處不清流。

注：丁亥重陽龍華登高詩會：照誠、丁錫滿、褚水敖、陳鵬舉、崇林、楊逸明、大凡、劉永高、喻石生、潘朝曦、沈滬林、邱紅妹諸君，口占一首。

壽樓春・悼甲骨文專家段寄葦先生

爲中華昌明。喜先生獨步，龜甲殷釁。數十年潛心志，琢磨瑨晶。成卜集，書詩楹。贈友人、弘揚文菁。讓墨寶流傳，騷壇雀躍，珍愛勝瓊瑛。　人生路，無常行。恨魔痾忽降，喪隕庚星。一晌陰陽睽隔，渺茫蒼冥。難再續，忘年情。淚涕淋，哀哀鵑鳴。若翁有靈兮，吟詩再向宵夢聽。

壽樓春·悼卓霖

烏呼兮兄長！斷腸兮弟吊，無故身亡。更使兒孫心碎，再無依傍。從此後，思茫茫。五十年、知音時光。若遇性情詩，如何配畫，唯夢裡相商。 生平事，非尋常。記青春熱血，甘灑輝煌。赴考徐州軍校，試穿戎裝。聲令下，過長江。爲國家、忠誠奔忙。直臨到離休，猶然筆墨添國香。

清平樂·雁蕩山

雁湖山水，天下神奇最。疊嶂層巒飛瀑邃，晝夜雲峰幻詭。 索源古道龍湫，夫妻白髮同游，支杖攀登過嶺，風流百二峰頭。

浣溪沙·釜山遊

爲紀退庵中井遊，乘機來訪釜山秋，市臨山海疊重樓。 半島芳華由此始，一邦璀璨更從頭，風光佳絶海雲洲。

滿庭芳・重陽

今日登高，憑欄遠眺，盡是秋韻滄桑。柏楓紅爍，金穀正飄香。寥廓三吴古地，重陽夢，著實輝煌。松崗外，美人蕉豔，一片好風光。湯湯，湖野渡，蘆花似雪，白鷺低翔。看熹色趨微，告别殘陽。夜鳥投林隱去，清風裡，月照横塘。廊簷下，蛩聲唧唧，丹桂滿庭芳。

虞美人

花開葉緑莖青嫩，嬌豔殷紅潤。荼蘼欲比自含羞，但見幽然馨氣逐風流。漫言兒女尋常事，不墜淩雲志。終成草卉亦英雄。碧血沙場霜劍舞東風。

注：虞美人：一、詞牌名，雙調五十六字，上下闋各兩仄韻，兩平韻；二、花卉名，一年生草本，花開初夏，十分豔麗；三、項羽寵姬，爲斷霸王後顧之憂而自刎，碧血沙場。

滿江紅

甲午風雲，凝望去，硝煙慘極。含辱訂、馬關條約，國羞民泣。九一八時東北失，蘆溝曉月狼淩藉。舉國起、抗戰八年多，艱辛曆。南京陷，真造逆。三十萬、遭屠殛。看腥風血雨，九天悲跡，百二十年仇宿債，而今又欲重挑及。莫仁慈，奮起旱天雷，當頭擊！

西江月·青村

千古江南詩意，小橋流水人家。如今臭氣泌天涯，明月潸然淚下。　發展莫忘兼顧，排汙先築籬笆。政民同志塑中華，誰説清風無價。

臨安采風限題、韻、詞牌

卜算子·謁錢陵

鹽販起兵梟，禦亂平昌難。一統東南十四州，唐帝封王冠。　在位保安民，經濟繁榮炫。遺訓中原繼大忠，千古英名贊。

卜算子·詠水

點滴匯溪流，潤物無休止。千古人生活命源，更主風雲史。　江海起波濤，澎湃滄桑志。不負塵環一地球，但爲清明世。

詩說神話——主題原創詩詞徵稿

鵲橋仙

牽牛貶謫，遊凡織女，偏在人間巧遇。兩星有愛結姻緣。正幸福、天倫朝暮。　忽然禍至，神兵降罪，王母金釵造惡。夫妻兒女隔河望。盼七夕、鵲橋飛渡。

自跋

我的詩緣，源於齠齡的一次病患。

六歲那年，左胸上長了一個癰癤。外祖母本就是個郎中，可怎麽也治不好，無奈之下，想到了求「老佛」。我的家鄉，稱當地的「城隍」爲「老佛」，每年六月初一，鄉民們要抬著他到全縣各地巡遊，體察民情。凡到各家門前，照例，家主先放鞭炮迎接，繼而，手持香燭，點燃、跪拜，祈禱城隍庇佑。這回，外婆則牽我叩頭，口中念念有詞。接著，從佛案前燃著的紅燭上取下些許燭油，塗抹在我的患癤上，不日好了！

此時，奶奶因勢利導，問我：「你知道這尊老佛是誰嗎？」我當然不知道。她説，他叫楊炯，是唐朝的大詩人，「初唐四傑」之一，和王勃、盧照鄰、駱賓王齊名。曾做過這裡的縣令，愛民如子。死後，被皇上封爲此邑城隍。説著，吟起了一首楊炯的詩，梅花落：

窗外一株梅，寒花五出開，影隨朝日去，香逐便風來。

就這樣，我認識了楊炯，引起了唐詩的興趣。

後來，奶奶又告訴道，我們的家鄉，浙西龍遊縣貴塘山，唐時屬古盈川縣。武則天如意元年（西元六九二年）新置盈川縣，命楊炯首任縣令。任至第三年，盈川大旱，他爲抗旱，殉職於任上。百姓感其德，尊其爲當地城隍，永世奉祭。盈川從置縣到唐元和七年（西元八一二年）撤銷，在歷史上先後只存在短短的一百二十年，但楊盈川的名聲，卻永遠鐫刻在了當地的歷史上。

及長考大學，鑒於家父工業救國之訓導，讀了工科，但課餘選修的卻是文科。孜孜不倦地研究著唐詩宋詞的真諦！

「文革」期間，眼見著瘋狂的愚民運動，匿留下了二首題爲《該殺頭的詩》：

一

文攻武衛血痕真，造反心胸幾個純。休見今天喧鬧激，負荊來日看誰人。

二

顢頇無智競猖狂，個個都穿造反裝。虧爾平生無所好，一心專讀治愚方。

我對唐詩音律的完美，意境的真善，情有獨鍾，覺得，這才是中華傳統文化的精髓，有必要加以研究、傳承、弘揚。於是，我開展了對詩詞的讚揚、傳播、教學。

投心詩詞六十餘年，從没有過出書的念頭。相交詩友，特別是學生，常遇索書，我都直言相告。但大多表示遺憾，勸我：「你該出本詩集，讓大家留個紀念。」對於大家的情意，心想報答！可是手頭並沒有專集的詩稿，只有一包雜亂無章的舊箋，叫作《不想忘卻的收匯》，我從中選擇、整理了一部分，向詩友們請教。內容盡是些自身道路上的所見、所聞、所思、所悟，毫無價值。原來沒有發表的打算。現在發表出來，對喜歡我的詩友們，也有了交待，或許從中得到一點對我的印象或感受！

我的詩裡，有零星的資訊，有片段的常識，有真情的流露，有會心的一笑。但沒系統的學問，隨情隨景，記下一些超短的小篇，不求詳備。只想閃爍一點螢光，留下一絲希望。

我作詩，愛好自然湧動，興之所至，在似與不似之間，抒發感情。我喜歡隨意，由衷而出，巧拾天真。我喜歡借題發揮，比擬婉放，邏輯嚴謹，緊扣主題。我喜歡起承轉合，意韻暢順，一氣呵成，不肯晦澀。我以爲一首詩裡，突一個主題，不要面面俱到，點點皆取，弄得瑣碎、零亂，點出立意即好！我喜歡詩酒年華，能如菜下酒就行。

當今詩壇「如恒河水，兔、馬、香象，三獸俱渡。兔不至底，浮水而過；馬或至底，或不至底；象則盡底。」

雪泥鴻爪，僅此而已，聊以爲跋。

——結鷗軒主黄旭於丙申處暑

圖書在版編目(CIP)數據

結鷗軒詩詞/黄旭著. —上海:上海書店出版社,
2020.8

ISBN 978-7-5458-1773-7

Ⅰ. ①結… Ⅱ. ①黄… Ⅲ. ①詩詞-作品集-中國-
當代 Ⅳ. ①I227

中國版本圖書館 CIP 數據核字(2020)第 125784 號

封面題簽 周退密
責任編輯 楊柏偉 何人越
裝幀設計 汪 昊

結鷗軒詩詞
黄 旭 著

出 版 上海書店出版社
(200001 上海福建中路 193 號)
發 行 上海人民出版社發行中心
印 刷 上海商務聯西印刷有限公司
開 本 890×1240 1/32
印 張 4.375
字 數 80,000
版 次 2020 年 8 月第 1 版
印 次 2020 年 8 月第 1 次印刷
ISBN 978-7-5458-1773-7/I·468
定 價 30.00 圓